愿你独立，
愿你强大，
愿你貌美如花

李清浅 —— 著

SPM
南方出版传媒
广东人民出版社
·广州·

图书在版编目（CIP）数据

愿你独立，愿你强大，愿你貌美如花 / 李清浅著． — 广州：广东人民出版社，2017.11
ISBN 978-7-218-12083-6

Ⅰ．①愿… Ⅱ．①李… Ⅲ．①故事－作品集－中国－当代 Ⅳ．① I247.81

中国版本图书馆 CIP 数据核字（2017）第 239671 号

Yuan Ni Duli Yuan Ni Qiangda Yuan Ni Maomeiruhua
愿你独立，愿你强大，愿你貌美如花
李清浅 著　　　　　　　　　　　版权所有　翻印必究

出 版 人：肖风华

责任编辑：严耀峰　马妮璐
装帧设计：伍　霄
责任技编：周　杰　易志华

出版发行：广东人民出版社
地　　址：广州市大沙头四马路 10 号（邮政编码：510102）
电　　话：（020）83798714（总编室）
传　　真：（020）83780199
网　　址：http://www.gdpph.com
印　　刷：三河市书文印刷有限公司
开　　本：787mm×1092mm　1/32
印　　张：8　　　字　　数：167 千
版　　次：2017 年 11 月第 1 版　2017 年 11 月第 1 次印刷
定　　价：42.00 元

如发现印装质量问题，影响阅读，请与出版社（020-83795749）联系调换。
售书热线：（020）83795240

目录

CONTENTS

自序 你的独立就是你的底气 ／ 1

第一部 每一天都活得闪闪发光

01 情绪不佳时的说话方式，最见一个人的教养 ／ 2

02 矜贵的女人，才会被好好对待 ／ 8

03 活得充实的女人，都美成什么样 ／ 14

04 请珍惜那个还想对你说话的人 ／ 20

05 读书和不读书的女人，过的是不一样的人生 ／ 26

06 好的婚姻是我看你灿烂，你看我璀璨 ／ 33

07 我爱你，可是我不会把你捧在手心里 ／ 38

目 录

CONTENTS

第二部 生得漂亮,不如活得漂亮

01 只有幸福的婚姻,没有美满的婚姻 / 46

02 有趣的婚姻,要互相"调戏" / 52

03 发生什么事,你铁定离婚 / 57

04 好夫妻互相捧场,坏夫妻彼此拆台 / 62

05 你的问题不是遇到渣男,而是没及时踹开 / 66

06 永远不要为了完成别人的心愿结婚 / 72

07 走进没有爱情的婚姻,才是对自己最大的残忍 / 78

目录

CONTENTS

第三部　在多变的世界，修一颗柔软的心

01　跟钱锺书和杨绛，学夫妻相处之道　／　*84*

02　爱在一粥一饭间　／　*91*

03　聪明的姑娘，都很会嫁人　／　*96*

04　不较劲，是婚姻里的顶级智慧　／　*101*

05　婚后最甜蜜的情话是，我帮你　／　*106*

06　情人节不送礼物的老公，都是耍流氓　／　*111*

07　爱不是无限宠溺，而是争吵那么多次你们依然在一起　／　*116*

目录

CONTENTS

第四部　愿你明媚阳光，把黑暗的生活照亮

01　我不是劝你单身，我是劝你幸福　/　124

02　结婚这种事，真的没必要那么着急　/　129

03　婚姻里，别太把男人当回事　/　134

04　对不起，有些事情我永远无法习惯　/　140

05　谈个恋爱而已，凭啥他一定要爱你多一点　/　145

06　比死亡更可怕的，是凑合的婚姻　/　150

07　比有房子更重要的，是有家　/　156

目 录

C O N T E N T S

第五部　愿你成为面若桃花，心深似海的女子

01　什么样的女人，才会像孩子一样被宠爱　／　162

02　不抱怨的女人最美　／　168

03　你是妈妈，更是自己　／　174

04　对不起，我是你老婆，不是你妈　／　180

05　如果糟糕的婚姻状态无法改变，怎么办　／　186

06　看你的朋友圈，好想和你谈恋爱　／　191

07　夫妻之间争吵，大多源于不好好说话　／　196

目录

CONTENTS

第六部　学会过一种不纠结的人生

01 同一个世界，同一个老公 ／ *202*

02 你也不吃葱花，不如我们谈个恋爱 ／ *207*

03 离那种把爱情当成全部意义的人远一点儿 ／ *212*

04 婚姻就是有时候想打满分，有时候想打负分 ／ *217*

05 两口子总吵架，可能是因为你们太穷了 ／ *222*

06 男人出轨，女人除了怒砸宝马还能做什么 ／ *228*

07 到底应当找个什么样的人结婚 ／ *232*

后序　我快四十岁了，那又怎样 ／ *237*

自 序

你的独立就是你的底气

大概是半年前,我的好友兼前同事要结婚了。

她其实多多少少有些恐婚症,所以恋爱谈了四五年,依然没有结婚的意思。因为她印象中的婚姻,没几个幸福美满的。首先是她父母在她很小的时候就离婚了,后来他们又各自有了自己的家庭。父亲娶了个比自己小十来岁的女人,然而抱得娇妻生活却不能称之为幸福,日子一直鸡飞狗跳的。她曾亲眼看到父亲被那个女人反锁在门外不许进门,而父亲当时只穿着一件背心、一条大裤衩,除了在楼道里待着,哪儿也去不了;在她看来,实在狼狈至极。

她母亲后来的婚姻生活也不能称之为美好,结了两次婚,然而又都离了。她觉得母亲在谈恋爱时状态挺不错的,可不知为什么结婚后原先笑眯眯的生活,就这么突然一转身,给了她一个冷冰冰的大脊背。

于是她和男友的婚事便一直拖，一直拖。男友的父母不乐意了，反复追问他们到底什么时候结婚。她爱那个男人，也知道他是个孝子。他做的最叛逆的事情便是忤逆了父母的意愿，坚决要和她在一起。因为他父母在意她父母离异、母亲又结过三次婚的事实。一向听话的男友为了她立场鲜明地表示，她父母的不幸婚姻和她没有关系，这玩意儿又不遗传。

可如果她一直拖着不结婚，不是打男友的脸吗？毕竟她不想结婚，的确和父母不幸的婚姻有关系。思之再三，她终于决定再往前跨一步。

所以，当她让我给她些"婚后生活指南"的时候，我还蛮犹疑的，毕竟我和老秦这对怨偶，婚后也一直战火不断。没想到她却说："没有啊，我觉得你们很幸福啊！虽然吵吵闹闹，小日子却过得有滋有味。"

咦，原来在别人眼中，我们是这样幸福美满的夫妻吗？这让我猛地想起了赵元任和杨步伟夫妇。

赵先生和杨先生是自由恋爱，他们的证婚人是大学者胡适。1946年赵杨夫妇的银婚纪念日，胡适因故不能亲临祝贺，专门寄来一首《贺银婚》："蜜蜜甜甜二十年，人人都说好姻缘。新娘欠我香香礼，记得还时要利钱。"1971年6月1日的金婚纪念日，赵元任夫妇又各写《金婚诗》一首，押胡适《贺银婚》原来的韵。杨步伟写道："吵吵争争五十年，人人反说好姻缘。元任欠我今生业，颠倒阴阳再团圆。"赵元任写的则是："阴阳颠倒又团圆，犹似当年蜜蜜甜。男女平权新世纪，同偕造福为人间。"

最有意思的是两个人对这段婚姻的看法，一个写的是"吵吵争争五十年"，一个人写的却是"犹似当年蜜蜜甜"。这段婚姻是争吵多于甜蜜呢，还是甜蜜多于争吵呢？相信很多人都不得而知，但有一点是肯定的，那就是这世上没有不争吵的夫妻。

一旦跨进了婚姻这道大门，生活真的会发生很多变化。结婚以前在父母家，被当作小孩子一样宠着，不想做饭，不想做家务，不想串亲戚，好像都无所谓。可是现在，你要和另外一个人，一起承担一个家。一个家正常运转，需要花销，需要做饭、洗衣、打扫等，需要做许多的琐事。而家务需要每天做，饭也需要每天吃，这才是真正柴米油盐的世俗生活。

如果再生个宝宝，需要做的家事就会更多，各种矛盾和摩擦也会随之而来……噢，不，我不是要吓到你。

这些看似复杂的问题，其实也很简单。只要你们愿意共同承担，一切都不是问题。

此外，我觉得女人无论婚前还是婚后，都要做一个独立、美好甚至强大的女人。最近流行一种观点，女人一定要富养自己。所谓富养自己，在我看来，它不是指物质上的，而是精神上的。真正的富养自己，是让自己的灵魂不空虚——

你不一定要有名牌包包，但一定读过一些名著。

你不一定要化着精致的妆容，但气色一定要好。

你不一定要脸不厌细，但一定要口吐莲花。

是的，真正的富养应当是滋养自己的灵魂，让自己从内到外，散发着一股女人独有的芬芳。

首先，希望你独立。这里所说的独立，不仅仅是经济上的，还包括精神上的。一个女人只有在经济上和精神上双重独立，才会成为一个不依附于任何男人也不依附于婚姻的女人。有人说结婚后也要保持随时离婚的能力，这个观点我十分赞同。即使结婚后，也不要忘了做一个独立的女人。

其次，希望你拥有一颗丰盈的心。坚持读书，偶尔去看看话剧或者参观一下博物馆。灵魂是需要将养的，你需要喂它更多的好东西。一个总是小心呵护心灵的女人，她的气质和容颜也会受到影响的。

再次，希望你拥有从容淡定的胸怀。我特别欣赏从容的女人，她们眼神中自带一种淡定。她们强大到无所畏惧——既保护得了家人，又抵挡得了岁月的风霜。

最后，希望你不要成为一个习惯抱怨的女人。不知多少女人在婚后成了怨妇，但抱怨并不能解决任何问题。即使你真的牢骚满腹，也要学会适当控制自己的情绪。一个习惯抱怨的女人，总是负能量满满，会让本来同情你的人都逃跑掉。

愿你独立，愿你强大，愿你貌美如花。愿你无论结没结婚，三十岁还是四十岁，都是一个美好的女子。

是的，我希望你举手投足间，自带优雅风情。一个人也可以很好，两个人锦上添花。

你的美好，终将照亮你未来的路。愿你披荆斩棘，一路向前，只为靠近那个更美好的自己。

第一部

CHAPTER

每一天都活得闪闪发光

努力做一个充实的人吧！先让自己忙碌起来，给自己找些事情做吧，你会逐渐发现你的世界越来越波澜壮阔。

01

情绪不佳时的说话方式，最见一个人的教养

1

秋末，趁着银杏叶金黄璀璨，我和老秦带孩子去汉阳陵看银杏。本来挺开心的旅程，然而八个小时内，至少有三次我差点被老秦用话噎死。

首先是出发前，老秦买菜回来，我随口问他："外面冷吗？"因为不确定要给孩子穿多少衣服，结果老秦回答："我又不是你，怎么知道你会不会冷？"

我登时被噎得说不出话来，停了两秒钟才反驳："我当然是问你的感觉，我并没问你我冷不冷。"

"每个人对气温的感觉是不一样的啊。夏天的时候我每次都热得不要不要的，你却说不热，不让开空调。"大概看到我在翻白眼，老秦于是又

说,"你要问我的感觉,我觉得不冷。"

啊!!!我有一点小抓狂,你觉得冷或者不冷,直接回答不就 OK 了吗?还扯出旧仇新恨来,可丫的脑袋像被门挤了似的,非这么较着真回答,简直是挑衅。

到了汉阳陵,我又被他噎了一次。他带小朋友从厕所出来,我随口问:"厕所干净吗?"

"我不知道,我没去女厕所。"

我倒吸一口冷气,准备翻白眼。但是我忍了,因为我不想在外边发火:"那么,男厕所干净吗?"

老秦想了想却回答:"我没注意,要不我再帮你回去看看?"

哐——这要是笑眯眯地说这句话,你会觉得他在逗你,可偏一副一本正经的欠揍模样。控制,控制,这男人是你自己选的!我这样安慰自己。

然而,也就十分钟后,我选的男人第三次给我以重创。

从南阙门出来,我们要去银杏林,不知道要怎么走。老秦说来的时候好像看到了个涵洞,应当从底下钻过去。我看到有人横穿马路,便说大家都这么走,随大流吧。然而跟着大多数人上了马路后,才发现那是高速,而且无法到达银杏林,想下去却来不及了。好在因为是景区内的路,人流很大,车不多而且车速很慢。

结果秦君说:这么多人,全都是作死,不出事儿才怪!他恶狠狠地强调了"作死"两个字。至此,我已经接近崩溃的边缘。

是的，老秦说的都对，回答问题也非常"严谨"——他不知道我会不会冷；他也不知道女厕干不干净；贸然走上高速，的确是作死。但是，每一句都让我听着极其不舒服，这些话就像鱼刺一样，让我如鲠在喉。

2

有时候就是这样，越是亲近的人，说话越不经大脑，怎么"直"怎么来。

我们的客气、礼貌乃至教养，是表现给同事、朋友、领导甚至陌生人看的。真正的亲人之间，反倒非常随意，完全不去深想这样说话会给听者造成多么大的伤害——

"嫁给你算是瞎了眼。"

"你给我听好了，我再 TM 管你的事儿，我就是有病。"

"你又在乱扔袜子，和你说过一百次了，没一次记住。"

这些话不陌生吧？你可能听过，甚至可能说过，有时候语气还很糟糕，夹杂着"没好气"和"我早就受够了"。

话说完，气也消了，但是这些像刀子一样的话，造成的影响却不会那么容易消失。

公众号上出现了一拨又一拨关于好好说话的文章，比如《好好说话你会死吗》《恩爱夫妻就是好好说话》《家人之间，更要好好说话》等，我猜最近这些文章之所以流行，大概是因为大家都意识到了不好好说话带给我们的伤害。

我百分百相信，我们每个人都烦别人对自己不好好说话，但是又非常肯定，我们每个人和别人也有"不好好说话"过。的确，很多时候因为累因为烦，我们说话便易恶声恶气，颐指气使，甚至反讽挖苦，总之，不一剑封喉不罢休。

我亲眼见到在我楼下的小超市里，有个姑娘因为买的一包锅巴过期了，便气势汹汹地前来理论："你们超市怎么卖过期产品，想吃死人啊，告诉你们，我朋友就在报社上班，小心曝光你们……"

售货的小姑娘也是个暴脾气："那你把你朋友叫来曝光啊。"两个人你一言我一语，眼看即将开撕，所幸店主及时出现了，问怎么回事，店里的小姑娘回答："这个人好奇怪，她来了不说要干吗，又是吃死人又是报社记者的，吓唬谁呢。她好好和我说这东西过期了，我一早就给她退了。"

也是，来退货的姑娘虽然是受害者，但气焰也实在嚣张得不像话。就算你有理，就可以不用好好说话了吗？为什么一定要把人踩在脚底下恨不得再唾上两口，何况人家也没抵赖，没说不退货。

这件事也给了我点启发，那就是不肯好好说话的人，大概要么觉得自己有理，要么觉得自己委屈。因为自认为理亏的，一般不会如此高调。

3

很多时候,低声细语、彬彬有礼,反而会取得事半功倍的效果。

有一次,楼上几个小孩趁家里大人不在又吵又闹。楼下的邻居非常气愤地去理论,结果他们吵得更凶了。他们对门住的是一位退休教师,大概也被吵得坐不住了,只好亲自"出面",他柔声细语地和那帮小孩儿说:"我老伴睡眠质量不太好,你们轻点儿可以吗?谢谢啦。"几个叛逆的小孩儿竟安静下来了。

不是小朋友们吃软不吃硬,而是他们感受到了被尊重带来的快乐。有时候不听你说话,不是因为你不在理,而是因为你不够尊重对方。一句话,你没好好说话。

开心的时候,好好说话并不难。难的是在你心情不好,沮丧甚至绝望的时候,依然能彬彬有礼、好声好气地说话。其实,一个人最基本的教养,就表现在说话上,尤其是情绪不佳时候的说话方式。

前阵子看了部纪录片叫《人间世》,第一集讲了一个 24 岁的年轻人,因为吃了一顿海鲜后发生感染,送去医院抢救,最后还是不治身亡。几个月后,主治医生收到家属发来的一条信息:现在孩子已经入土为安,我们也正从阴影中走出来,谢谢你们,一切都会好起来的。

这个医生每天都要和病人打交道,有的人痊愈了,有的人却永远地离开了。他说经常收到痊愈的人发来的感谢信,没救治过来反而对他说感谢的这是第一次。他说这条信息让他温暖了好久,他确信这一家人都是极有教养、极有素质的人。因为这种时候，礼貌是伪装不出来的。

对人客客气气，是最基本的尊重。人在情绪不好或者累了烦了的时候，怎么说话最见一个人的修养。而对家人的态度，更见一个人的本性。因为大家在家人面前都不太会装，可是不装不意味着话里可以夹枪带棍。

俗话说："良言一句三冬暖，恶语伤人六月寒。"自己的家人当然也不例外，一句伤人的话，你说过就忘了，被你伤害过的人却可能要暗暗舔好久的伤口方可痊愈。因此，说话能用陈述句的时候就不要用祈使句，能用祈使句的时候就不要用反问句。

温暖的提醒，永远胜过咄咄逼人的诘问。

我们不是在演讲，也不是做脱口秀，而是在和人说话。说话的目的，不是为了让人印象深刻，而是有效沟通。

沟通意味着两个人要处于对等的位置，不高高在上，不颐指气使，而是心平气和地好好说话。

02

矜贵的女人，
才会被好好对待

1

好友过生日，老公问她生日愿望，她说："你从来没送过我花，我想要一束花。"

结果她老公一脸不屑地撇撇嘴："送花有什么用，开两天就败了，还贼贵，还不如买几个鸡腿呢。"

好友瞬间气结："鸡腿用你给我买吗？我要花，玫瑰，玫瑰，懂吗？！"

老公也不知道她哪根筋不对，但还是说："好，给你买，不就想要花吗？"

生日那天老公真的给她买回来了花，只不过是栽在花盆里的花——一株月季，共三朵花，一朵刚刚绽放，还有两朵处于花骨朵的状态。

"老婆，我去花店问了，十来朵玫瑰就要一百多块钱，花店也太会糊弄人了。其实玫瑰就是月季花，所以我干脆帮你买了盆月季，才二十块，四季都能开花，你说是不是特别划算？"好友的老公是理科出身，月季和玫瑰的"血缘关系"他门清儿，还继续解释说，"在西方，玫瑰与月季通称为rose，传入中国时却被翻译成了'玫瑰'，一切都是商家的鬼把戏。"

好友告诉我，她当时只觉得心头一万匹马在奔腾，甚至有问候自己公公婆婆的冲动。不就是想要一束玫瑰花吗？才一百多块钱，就算它其实是月季假扮的，她也甘心受骗。结果，那个男人偏偏不给满足。

然后她问我："我都那么明确表示了想要玫瑰花，他还是买盆月季回来，他是太抠门呢，还是压根就觉得我不值得他对我好？"

我苦笑安慰道："你家汉子不一直是这情商吗？你受了什么刺激，非逼他给你买花，买贵了你又心疼。"

好友说怪就怪她闺蜜这两天过生日，闺蜜的老公请他们去K歌，中途闺蜜的老公消失了一会儿。后来在哥们儿的簇拥下，他抱着一大束玫瑰花出现了。那束花特别大、特别漂亮，在她看来简直是光彩夺目，那一刻她觉得抱着花的闺蜜简直就是女王。

后来她才知道，那束花烧了两千块，虽然她觉得闺蜜的老公肯定被坑了。但这不是重点，重点是他们刚买了房子，其实已没剩多少钱，两千块对他们来说并不是个小数目。她还特地"采访"了闺蜜的老公："两千块买一束玫瑰不肉疼吗？"他是这么回答的："买房花光了我们大部分的积蓄,最近经常委屈她,所以想补偿一下她,因为她值得被我好好对待。"

好友失落地告诉我,原来世上真有男人这么宠女人,她瞬间感觉自己活得跟草似的。她和老公从恋爱到结婚已好几年了,从来没收过让她惊喜到爆的礼物。当然老公也给她送过比较贵重一点儿的礼物,比如手机。可是手机是必需品,老公不送,她也会自己买,所以并没什么惊喜可言。

你看,掌握财政大权的女人在收到礼物时,即使这礼物是未经自己同意而私自动用了财产买的,尤其还是花了心思的,大多数还是很开心的,对吧?

毕竟一份走心的礼物至少代表了他很在意你,而从未收到过礼物或者只收到过随便打发你的礼物,比如5.21元的红包,你真的不会失落吗?

2

说到这里,我想认真和大家讨论一下:男人不送礼物或者是送的礼物总不走心,真的是情商低吗?

当你爱上了一个人,就会想方设法地让她开心,会喜欢看她笑,恨不能使出浑身解数讨好她,绝对不会在她生病时只对她说句"多喝水"

这么简单。如果你真的爱上了一个人，会怎么表达自己的喜欢呢？难道不想送给她点儿什么吗，比方一束花或者一份别的礼物？——不可能不送的吧？

据说，恋爱中的男人无形中都会变得情商很高。因为当你专注于对一个人好，想讨她欢心就变得简单起来。

真正爱你的人会很用心地对待你，舍得为你花时间，也舍得为你花钱。即使他很穷，只能和你一块吃路边摊的一碗牛肉面，也会把碗里的几片牛肉夹给你吃，所谓筷子头上的"月牙肉"是也！——因为爱你，所以疼你、宠你，会把你当成至宝，捧在手心怕掉了，含在嘴里怕化了。

金善雅和车胜元主演的经典电视剧《市政厅》中有一个细节让我印象特别深刻。金善雅演的未来给祖国夹肉吃时，祖国却把头一扭，说道："你以前交往的都是什么样的男人啊，到底有没有被好好对待过？"未来有一丝丝的失望，刚要把肉放进自己嘴里，祖国却夹了一块肉喂金未来，还说了这么一段话："不帮你打开车门，就不要上车；不帮你铺好手绢，就不要坐下；不帮你摆好碗筷，就不要吃饭。这些事你一次也没有做过吧？！今后要学着这么做。女人，要懂得让自己矜贵起来。"

总而言之，女孩子对这个世界要有所要求。是的，你对待自己的态度，决定了他对你的态度。如果你总是随随便便，毫无要求，他也会对你随随便便，甚至以为你是个没有要求的人。还是以我开头提到的那位好友为例。她本身就是个不太讲究生活品质的人，疼老公、爱孩子，特舍得为他们花钱，反而自己买双两百块钱的鞋都犹豫半天。有时我都看不过去，觉得她太委屈自己，大概是主动委屈惯了，后来渐渐变成了大家都觉得她就是个应当被委屈的角色。

如果你用惯了香奈儿，他会去路边摊给你买不知名的香水吗？如果你平时吃的是珍馐玉馔，他好意思请你吃街头的串串吗？如果你矜贵自爱，他会给你讲黄色笑话调戏你吗？

记住，你对待自己的态度，决定了他对待你的态度。

当然，如果你也爱他，也请你对他好，不要因为是女生就有恃无恐，爱是互相宠对方。

此外，女人想让男人真心对待，首先要爱自己，要把自己变得足够美好，努力提升自己，让自己有足够高的含金量。你想让别人把你当女王，你首先得是女王才成。

3

此外，过于抠门的男人，也不会大大方方地对你。尤其是那种婚前没有用心对待你的男人，婚后也不会对你好。婚前就总是对你漫不经心的男人，婚后大抵还是那副德行。

最后再说件发生在昨天的真事儿。

我也是没有收到过花的人，别说两千块钱的一束玫瑰，十块钱一枝的我也没收到过！

于是我问老秦："为什么我从来没有收到过你送的花？"

他半天不说话，过了一会儿问我要地址，我说要地址干啥。他说："我送你花啊。"

我简直无语了，我先问你为啥没送过我花，你却现在就下单，半点惊喜都没有，好像我在胁迫你一样。其实我要的不是花，不是下班一时兴起买回来的烤鸭（不过，其实我很爱吃），不是路边土土又丑丑的手绘娃娃，是很用心地挑选的礼物，是惊喜，懂吗？

老秦说："不懂，太抽象了，你到底想要啥？给你钱行不？"

我猜肯定是好友那脱缰的一万匹马跑到我的心里来了，除非孙悟空这个弼马温来了才有可能降住，不然真的有撕人的冲动啊！

03

活得充实的女人，
都美成什么样

1

最近在健身房骑动感单车，发现有个人总迟到。通常七点十五分开课，她一般要七点二十五分才到，几乎每天都是如此。她经常穿鹅黄色的运动 T 恤，一般拉开门进去后就会迅速骑上动感单车，然后跟着节奏快速骑了起来。

起初我非常费解，单车课一共才四十五分钟，最后十分钟是用来做拉伸运动的。也就是说，她真正骑车的时间才二十分钟左右，既然这样，为什么就不能早点儿到呢？如果我每次都迟到会很不好意思的。

前几天运动完冲澡的时候，我听到几个会员在聊天。

"郭姐最近又来上课了，真好。前段时间她家小孩生病来不了，我总觉得缺了点什么，郭姐真是活得太励志了。"

"是啊，有郭姐在，我都不好意思偷懒。"另一个会员说。

我禁不住好奇问道："郭姐是谁？"

"穿黄色运动衣的那个。"

"天天迟到的那个？"我有点费解，天天迟到怎么反倒成励志了？

"她可不是故意迟到的。她在大北郊上班，每天六点才下班。从北郊赶过来，快的话需要一个小时十分钟，慢的话需要一个小时二十分钟。你是没见过郭姐下班后赶成什么样儿，为了能早一点儿来上课，每次她都用跑的，别人追都追不上。"

"郭姐活得真是太充实了。白天上班，晚上回家还要陪孩子，就这样还一直坚持健身，好不容易孩子睡着后，还要复习功课。"

"复习什么功课？"

"郭姐在准备考博。"

原来是这么回事。说真的，我和郭姐见面的次数不多，印象中她总是匆匆来，又匆匆去。郭姐和我同龄，按网络新标准——"88年的中年女子"，我们应当是中年后了，竟然还在准备考博，真是让我钦佩。

有一次骑完车，我特意和她一块下楼，我主动打招呼道："我听说了你的故事，真的很励志，你每天这么忙，累不累？"

"不但不累，反而觉得非常充实。每天早上我都会把这一天需要做的事情列成表，每做完一件就打个对勾，那种感觉真是超棒的。"

我看着郭姐那一脸的自信，我感觉她特别美。如此充实的生活，让每个普通的日子都变得闪闪发光。

我也有类似的经历。有时事情多了难免会变得没头绪,我会按轻重缓急列个表。虽然看到一大堆"尚未完成"难免会有压力,可当我一项一项直至全部攻克后,那种感觉真是超美好的,充满了掌控生活的自豪感。

2

不知从哪天起,我发现身边的辣妈们个个都干劲儿十足,她们勤奋且自律,每天的日子都过得非常充实。阅读、健身、做家务、心情愉快地陪孩子……她们没有一个会抱怨、说无聊,反而经常和我说时间不够用。

我的一个好友年前选择了辞职,因为她家宝宝上幼儿园后没人接送。她刚辞职的时候,经常有人和她说:"孩子上学后你要是觉得无聊就来找我玩吧。"

听那语气好像她会有一大把时光无处打发。她说实际上她一天到晚充实得不得了,因为不出去上班,不代表不工作。她的日常是这样的:

早上七点起床准备早餐,七点半叫醒小朋友,七点五十送小朋友去上学,八点左右她会在小区附近的公园跑步四十分钟,然后去菜市场买菜。九点左右回到家开启属于自己的工作模式。

她经常接一些设计类的活,通常要忙到中午十二点左右。吃完饭休息一会儿，一点半继续开工，一直忙到下午五点去接孩子。回到家后开始做晚饭，陪孩子玩，孩子睡后通常会再看看专业相关的书。

这个朋友，我无论什么时候看到她，都觉得她浑身上下有股冲劲，总是一副朝气蓬勃的样子。充实而自律，是她特有的状态。我真羡慕这样的生活状态——知道自己想要什么，并围绕着目标有计划地忙碌，从不懈怠，永远有激情，永远有活力。这样的人才真是为自己而活。

前不久重新阅读《半生缘》，印象最深的是张豫瑾评价曼桢的话：一家七口人现在全靠着曼桢，她能够若无其事的，一点也没有怨意，他觉得真难得。他发现她的志趣跟一般人也没两样。她真是充满了朝气的。

曼桢在姐姐出嫁后，主动挑起了一家七口的生活重担。因为单靠她的薪水无法养活一家人，所以她找了两份兼职。应当说曼桢不仅活得充实，还承担极大的压力，但她把压力变成了动力，活得积极又乐观。

是的，在活得充实的人身上，你看不到老气横秋。他们的朝气来自于他们十足的干劲，他们会一直聚焦目标，勇往直前。

3

我现在也处于这种一天到晚忙碌又充实的状态。有一次，一位粉丝加我微信，希望我一定要让他通过验证，于是我通过了。

当时我正在地铁上看小说，他问我在干吗，我如实回答，他说："那你闲了我再和你说吧。"

下了车我就去了健身房,出来后发现他半小时前又问我到家了吗,我答刚去健身了,现在要回家陪娃。

这个读者是个客气而有礼貌的人,于是说:"不打扰了,你先陪孩子吧。"

晚上十点,他又问:"孩子睡了吗?可以聊几句吗?"

我说:"睡了,但我已经打开电脑准备写东西了。"于是他问:"你先写吧,方不方便问一下你一般什么时候有空呢?"

我回答:"你有事可以留言,因为我闲下来的时候真是不多,因为一旦闲下来了,我会选择阅读或挑一部期待了很久的电影观看。我一天到晚都处于上紧了发条充实而忙碌的状态。"

这样说并不夸张,身在职场的女人,想要做成点事儿,只能抓住一切时间。大概两年前,我的生活完全不是这样的。

那时候我会经常步行二十分钟,就为了去换一瓶用9个积分换的免费酸奶;每天下午三点,我会准时去某银行的APP抢免费的冰激凌;我还经常参加朋友圈积赞送礼品的活动。

真正发生改变,是在我工作之余开公众号写作之后。常听人说,写作让你的人生更加开阔。我也有同感,开公众号写作后,我的生活明显充实了起来。因为写作的人不可能只输出不输入,于是我更积极地去看书去学习,研究牛人们是怎么写作的,怎么管理时间的。我经常感觉时间不够用,只恨精力有限,不能去做更多好玩有意思的事情。

当我真正忙起来，我发现我的抱怨少了，也不和老公吵架了，不跟婆婆斗气了，不会一天到晚去刷购物网站了。我甚至感觉我的人生境界都得到了提升，这是我最意外的收获。

　　不记得是谁说的了，充实的人最有魅力，也最有活力，这是生命和激情碰撞而迸发的结果。而寂寞、无聊的人总是看起来非常颓唐，因为他们的内心过于空虚。

　　我想没有人愿意做内心空虚的人吧，那么努力做一个充实的人吧！先让自己忙碌起来，给自己找些事情做吧，你会逐渐发现你的世界越来越波澜壮阔。

04

请珍惜那个还想对你说话的人

1

小英有些委屈地和我说了一段心事。

她老公出差回家,好几天没见了,她做了一大桌子菜,还特意买了老公爱吃的泡椒凤爪,结果老公一进门就说两个小时前和客户吃过了。

"那怎么不提前告诉我?"小英说,"你上飞机前,我明明和你说了会去买你爱吃的泡椒凤爪。"

"我不吃,你也可以吃的。"

"我不爱吃这个,你又不是不知道。"小英感到有点郁闷,那家泡椒凤爪离她单位有三站路,她下班后还特意拐过去的。

"那就放冰箱我明天再吃,多大个事儿。"小英老公有点不耐烦了,

"我很累,洗洗去睡了。"

"事情办得顺利吗,徐州好玩吗?"小英追着问。

"我又不是出去玩的。"小英老公的语气愈加不耐烦了。

小英不吭声了,望着老公走进浴室的背影,内心无比委屈。

"我就是觉得好几天没见他,想和他说说话。可能他真的有些累,也可能心情不好,但他一副不耐烦的模样,让我怪难受的。"

听完小英说的话,我感觉自己的心被狠狠地戳了一下。

你有多久没和他好好说话了?你们之间又是否还有话说,还有话聊?

2

前几天看刘震云的小说《一句顶一万句》,里边有这么一句话:世上的人遍地都是,说得着的人千里难寻。

在我的家乡河北,也有"说得着"和"说不着"这两个词。"说得着",就是有很多话说,很投机、很投缘;"说不着",除了说两个人话不投机半句多,还有另一重含义——你不值得我和你交心,你不配。

两个人能说到一块儿到底有多重要?在《一句顶一万句》中,我们看到的到处是孤独的人、寂寞的心,他们都想找个能说话的、说得着的人。遗憾的是,很多人却找不到这么个人。最让人伤心和无奈的,恐怕是连夫妻之间都说不着吧？

《一句顶一万句》里有好多对夫妇之间说不着的，比方老汪和银瓶、吴摩西和吴香香。而让我印象最深的一对儿，是牛爱国和他老婆庞丽娜。

牛爱国不爱说话，庞丽娜也不爱说话。起初大家觉得他俩对脾气，他们也觉得对脾气，于是他们结婚了。结婚头两年，过得还和顺。两年之后，开始产生了隔阂，说是隔阂，又不能说是隔阂，只是两人见面没有话说了。一开始觉得没有话说是因为两人不爱说话，后来发现不爱说话和没话说是两回事。不爱说话并不意味着心里没有话要说，没话说则是干脆连话什么的都没有了。

刘震云评价：它们的区别外人看不出来，看他们日子过得风平浪静，大家仍觉得他俩对脾气。只有他俩自己心里知道，两人的心离得越来越远了。

的确如此，说不着、没话说，会让两个人的心越来越远的。

最令牛爱国难受的是，庞丽娜和他说不着，却和影楼的摄影师小蒋说得着，不但说得着还上了床。发现庞丽娜出轨后，牛爱国愤懑交加，想找人商量商量，猛记起当兵时的战友杜青海和自己挺说得着的。于是牛爱国便坐长途汽车去了霍州，再由霍州坐火车到石家庄，由石家庄坐长途汽车到平山县，由平山又坐乡村长途汽车到杜青海的村子杜家店。前后走了两天两夜，第三天早上，终于见到了战友。

看到这一段，我几欲落泪。一个人千里迢迢地跑去见另一个人，就是想向他诉说一下内心的苦闷，想让他帮忙出出主意，这是怎样的一种孤独？后来牛爱国听从战友的建议，拼命对庞丽娜好，每天专门想些好话对庞丽娜说。遗憾的是好话不容易想出来，说出来的也不一定能说到人的心上，好话说多了自己听着都假。以致后来牛爱国一张嘴，庞丽娜便捂耳朵："求求你，别说了，我一听你说话就恶心。"

后来小蒋的老婆也发现了小蒋和庞丽娜的奸情，捉奸成功后，跑来找牛爱国告状，两个人一晚上说了很多话，一个人说："咱再说些别的。"另一个说："说些别的就说些别的。"

小蒋的老婆还说："我老公一个晚上说的话，比跟我一年说的话都多。"

这件事给了牛爱国致命的打击。他努力对庞丽娜好，不就是想挽回庞丽娜的心，想让两人由说不着变成说得着吗？可有时候说不着的人，你再怎么努力还是说不着。

所以，正如刘震云说，一个人的孤独不是孤独，一个人找另一个人，一句话找另一句话，才是真正的孤独。

3

夫妻之间说得着有多重要？！

今春大热的国产剧《人民的名义》里也有好几对夫妇。戏份比较多的有祁同伟和梁璐、李达康和欧阳菁、高育良和吴老师。他们有的说得着，有的说不着。

说不着的，话不投机半句多，比如李达康和欧阳菁。李达康劝欧阳菁时曾说："你也是在党旗下宣过誓的，要对得起党，对得起国家，对得起人民。"义正词严，无可辩驳。可惜，他说话的对象是妻子。欧阳菁反驳道："少在我们面前说大话，你官话说顺嘴了吧你。"

在剧中欧阳菁不怎么讨人喜欢，但这一次我挺欧阳菁。李达康和妻子不但没话说，也不知道要怎么说话，要说什么，在家还打着官腔。欧阳菁像小女人一样，渴望李达康可以多关爱她一些，李达康却认为她是拒绝成熟，拒绝长大的，根本懒得与之周旋，而"懒得周旋"也包括不想和她说话。所以两个人的内心都无比孤独。

这部剧里最说得来的夫妇莫过于高育良与吴老师了。两个人彼此都很尊重对方，因为同为大学教授，知识、阅历相差不远，三观也基本一致，所以他们非常聊得来。聊天也要棋逢对手，高育良与吴老师就是如此。所以即使他们离了婚，却照样可以离婚不离家，因为两个人说得着，有话说，只是不再相爱罢了。

4

人生是很寂寞的，虽然这是事实，可我们会不甘心，还是希望能找到那个说得着的人。如果你够幸运，身边的人能接上你的话，你就总想再和他说点什么。如果不能，很多的话就会像是被掰断了，搁置在空中，带着那么一点点哀怨。

记得《艺术人生》有一次访谈，朱军问当时还单身的演员王志文到底想找个什么样的女孩。王志文想了想，很认真地说："就想找个能随时随地聊天的。"

"这还不容易？"朱军笑说。

"不容易。"王志文说，"比如你半夜里想到什么了，你叫她，她就会说几点了，多困啊，明天再说吧。你立刻就没有了兴趣。有些话有些时候对有些人，你想一想后就不想说了。找到一个你想跟她说、能跟她说的人，不容易。"

我想说，和刘震云一样，王志文很懂人心，也很懂聊得来对生命的意义。爱你的人，才会想和你聊，才会说"咱再说些别的"。如果你也爱他，就会开心地回应"说些别的就说些别的"。

因为懂得，所以慈悲；因为爱着，所以愿意诉说，也愿意倾听。

曾经看过一段话：那种聊天的时候能接住你每一个梗并且机智反弹，永不冷场的人，一辈子又能遇到几个，所以一定要好好珍惜。

人生最难就是有这么一个人，你愿意向他呈现你的有趣，他也愿意向你展示他的见识，那么你们会有说不完的话。

请珍惜那个还想对你说话的人。想和你说话，说明他的心对你还是敞开的。如果有一天，他甚至都不想和你说话了，那么也就意味着你们离走散不远了。

05

读书和不读书的女人，
过的是不一样的人生

1

带小朋友去渭滨动物园，春光正好，日丽风和，不大的动物园里大多是带着孩子的年轻父母。

走到池塘附近的时候，张小又说要看鸭子，他指着游过来的一只黑白羽毛的水鸟问："妈妈，这是什么动物？"那只水鸟头上有一撮蓬松的翎毛，非常漂亮，然而我并不知道这是什么动物，野鸭还是鸳鸯？

这时旁边一个小朋友抢答道："我知道，这是秋沙鸭。秋沙鸭一共分三种，有中华秋沙鸭、红胸秋沙鸭和普通秋沙鸭，这个动物园里的是普通秋沙鸭。"

这个小朋友看上去也就五六岁，竟然这般博学，我简直肃然起敬，于是问:"小朋友,你好厉害哟,谁教你的?"

"我妈妈告诉我的。"小朋友自豪地回答。

我其实早留意到小朋友身后面带微笑且一直没作声的妈妈,于是顺口问:"你家孩子好厉害,竟然知道这么冷门的知识,他主要通过什么渠道获取这些知识呢?"

"我和他爸都喜欢看书,他从小受我们影响也爱看书,这些都是给他买的少儿百科全书里的内容。"这位妈妈耐心地回答。

这位妈妈话刚说完,我脑海里就浮现出一个画面:在一间明亮温暖的房子里,随处可以拿到书,妈妈看妈妈的书,爸爸看爸爸的书,小朋友也抱着心爱的绘本坐在木地板上认真翻阅。这个画面温馨而美好,令人神往。

出生在一个爱读书的家庭,何其幸运!如果妈妈爱读书爱学习,那么遇到孩子问"这是什么花""这是什么动物""木星有几颗卫星"一类的问题时,就不会一问三不知地偷偷去百度了,而是张口就给出答案,分分钟博得小朋友的崇拜。

2

读书的女人和不读书的女人,最大的不同是什么呢?

我上大学时有个老师姓张,她教我们现代汉语。这位老师身材矮小,相貌普通，但是讲起课来，一米五出头的她却口若悬河、神采飞扬。她博闻强记，经常和我们聊历史名人的八卦。

我现在都记得她讲赵元任先生的生平轶事，讲到赵先生的骨气，她说，1946 年国民党政府教育部长朱家骅拍电报请赵元任出任南京中央大学校长。赵先生回电："干不了。谢谢！"何等干脆利落。

这位老师喜欢背一个大大的帆布包，无论何时，包里都会装着一本书。每次候课的间隙，都会捧着书站在教室门口边看边等。即使等校车的时候，也会读上几页。

每每看到她，我脑海中都会浮现出七个字：腹有诗书气自华。

是的，她长得并不漂亮，而且大多时候素颜，可是她举手投足间透露出一股优雅。她的心平气和、温婉的态度尤其让我印象深刻，常常让我这个暴躁狂暗下决心，将来也要修炼成她这样的。

3

读书的女人和不读书的女人，甚至有可能过着不一样的人生。

有这么一对双胞胎姐妹，她们长得实在太像了，以至儿时的我经常分不出她们谁是谁。后来妹妹因为学习成绩好，考入了我们县的重点高中；姐姐则因为学习不太理想，读完初中就去打工了。再后来妹妹考入一所二本大学，姐姐则在二十二岁那年嫁给了我们村的一个男孩儿。

今年春节同学聚会，见到了这姐妹俩的瞬间，我非常震惊。以前经常让人混淆的两个人，现在无论是气质、谈吐，还是长相都有很大的不同，简直判若两人，姐姐看上去至少比妹妹老了十岁。

那天吃饭的时候，我挨着姐姐坐。她说："我真羡慕你们这些靠读书走出去的人，我经常后悔没有好好读书。"她自述前年离婚了，孩子归了前夫，再婚后夫家想让她再生一个，却一直没能如愿。

"我老公还好，我婆婆成天找我的事儿，还撺掇我们离婚。"她叹口气继续说，"你从没接触过没文化、思想封建又充满偏见的农村婆婆，你不知道她说话有多难听，找事的手段有多低劣。偶尔我会想，如果当年我好好读书，可能就不会遇到这样一个婆婆，不会嫁进这样一个家庭了。"

我知道她妹妹嫁得很好，老公是某高校教师，公公婆婆也都是知识分子，一家人其乐融融，日子过得非常美满。

不，我想强调的并不是通过嫁人来改变命运。我想表达的是，相对来说，一个人会嫁给什么样的人，夫家会是什么样的家庭，能找到什么样的工作，会遇到什么样的朋友，生活状态如何，其实和你自己读过多少书有着很大的关系。

至于她说的那种婆婆，我虽然没有遇上，但在我们老家，这种婆婆并不罕见。我没有歧视农村婆婆的意思，而是想说，在闭塞又落后的农村环境里，遇到这种婆婆的概率更高一些。

注意，这里说的读书多少，不能狭隘地只指学历，我也见过很多学历不高但是喜欢读书的人。我有一个初中同学，和我们那儿大多数没有考上高中的女孩子一样，初中毕业后去了一个南方城市打工。在流水线上工作了两年后，她突然感觉自己活得像一具行尸走肉，于是产生了继续读书的想法。

但是再回到学校读书显然已经不可能了，好在这个时代，如果你想学习有的是机会。她买了一堆书报了自考，还报了辅导班。经过四年埋头苦读，她拿下了一张自考大专文凭，这张文凭对她来说不只是一纸学历证明，还让她平添许多底气与勇气。

就是凭着这张文凭，她脱离了流水线上的工作，叩开了一家公司的大门，从普通员工一直做到现在的高管。而当初流水线上的那些姐妹，大多已经回到老家嫁人，她们中很多人过的就是那个双胞胎姐姐现在的生活。

同学说，感谢当年那个发现自己像行尸走肉从而决定改变的自己，因为读书和学习让她拥有了不一样的人生。对于一个农村女孩儿来说，读书真的是可以改变命运的。

4

抛开读书的功利面不提，读书的人和不读书的人，遇到问题的处理方式都是不一样的。

我闺蜜经常和我吐槽她老公是个无可挽救的巨婴。最近她开始看武志红老师的书,她说她蓦地发现自己其实也是个巨婴,只不过表现方式不同罢了。

武志红老师分享了一个案例,说总抱着"老娘不爽,谁也别痛快"的心态甚至迁怒到对方父母身上的行为其实也是巨婴行为。闺蜜说看完这个案例时后背直冒冷汗,因为她自己也是一模一样的心态,于是决定好好改变自己。而我却看到了一个爱读书的女人的自省与自我提升的决心。

因为经常读书,喜欢读书,所以会发现婚姻中有问题的不只是男人,还有自己。于是决定改变自己,这样的女人难道不是更容易接近幸福的真相吗?

严歌苓曾经在《读书与美丽》中写道:读书这项精神功课,对人潜移默化的感染,使人从对世俗的渴望(金钱、物质、外在的美丽等等)中解脱出来,之后便产生了一种存在。

是的,读书不但可以开阔眼界,还可以让你的心灵更丰盈,甚至让你的境界不断得到提升。至少,在你面对问题和困难的时候,多了一种思维的角度,多了一种选择。

这世上真的没有什么比读书更简单、成本更低的事了,每个城市都有免费对公众开放的图书馆。如果去图书馆不方便,还可以自己买。凭我购书的经验,一百块钱应当可以买三四本书。遇到搞活动,甚至可以买五六本，足可以让你看两个月之久，这样的投资其实是最最划算的。

多读书吧，它不但可以让你成为一个有情趣、会思考的人，更会让你与更好的自己相遇。

06

好的婚姻是我看你灿烂，你看我璀璨

看完奥巴马的离职演说，莫名有些感动。其中最让我动容的，是奥巴马对米歇尔的表白：过去二十五年中，你不仅仅是我的妻子、孩子的母亲，也是我最好的朋友。你担任了一个不是你争取来的职责，但是你的优雅、勇气和幽默都给这个身份烙上了你自己的印记。

虽然没说一个"谢"字，可字里行间却满满表达的都是：感谢你对我的支持，感谢你为我生儿育女，你是最棒的第一夫人，我为你骄傲！——感觉世界都被撒了一记狗粮。

世上的婚姻模式有千百种，而我最欣赏的一种伉俪情深莫过于一路走来，你我携手同行，互相支持，互为彼此的后盾。

1

前阵子有个姑娘见我在公众号上写作，表示自己也非常喜欢写作，问过我申请流程后便也申请了一个公众号。起初她更新很勤，一周三四篇，虽然文笔略显稚嫩，却多有感而发，很接地气。

最近却没怎么见她更新，问其原因，她发了个撇嘴的表情，说道："我老公非常反对我写东西，怪我不好好陪孩子，不务正业，还总是打击我写的没意思，于是就不太写了。浅姐，老秦对你写作持什么态度呢？"

我并不感到意外，也理解她的困境，因为没有家人的支持，对于一个职场妈妈来说，要坚持写作真的太难了。

老秦对我写作这件事，一直是非常支持的。无论是生宝宝前我全职在家写作，还是宝宝一岁时我写网文，抑或我现在公众号写作，老秦都从没打击过我，而是经常鼓励我，夸我写得好，还总是分享给朋友看。

尽管我们的婚姻中存在着各种小矛盾，比如我讨厌他洗碗时水开得特别大，他讨厌我用完东西从来不归位，但是对于我写作这件事，甚至动不动成为我的写作素材，他从来没有说过一句负面的话。我的公号获得原创邀请那天，他比我还开心，我开通打赏功能后，他没有一次不打赏。虽然有时他因为我写公号睡得太晚不满，但我们早就达成一种共识，那就是你决定了的事情，我就会支持你。即使我可能无法具体帮到你，但至少我会一直微笑着给你加油。

有心爱的人支持你、挺你，是件非常幸运的事儿。一个人能取得一点成绩，与家人的支持密不可分。别人支不支持你不要紧，但如果没了家人的支持与关注，真的是步步维艰。不过话说回来，爱一个人，难道不是应该支持她做她喜欢的事情，让她的梦想开花，看着她长出翅膀，越飞越高吗？

2

我一个同事的姐姐，孩子一岁时有机会去北京一所高校做访问学者，她非常非常想去，但是又放心不下孩子。很多人包括她的父母都劝她放弃这个机会，理由是孩子小，照顾孩子要紧。她非常矛盾：去吧，孩子无人照顾的确是个问题；不去吧，又真的不愿意放弃这次机会。

这时她老公说："你放心去吧，这段时间我会把主要精力放在照顾宝宝上的。北京又不是多么远的地方，想孩子了你可以回来，我们也可以去北京看你。"

老公这番话让她心底莫名生出许多勇气，她最终决定了去北京。这期间老公担心她想孩子，总是主动让孩子和她视频，还带孩子去北京看望过她两次。

半年后，她从北京归来，老公带着孩子去接她。她扑到老公怀里，她说那一刻她感觉非常幸福、自豪，并暗下决心，无论将来发生什么事，都会和这个男人一起承担，携手共度，因为她好爱好爱这个男人。

是的，爱人的支持不但是你产生力量的源泉，还会为你平添许多勇气，更会让你们的情感升华，两颗心近在咫尺。相反，得不到家人的支持，不但会备受打击，甚至还会感到绝望。

我认识的一个姐姐，做着一份薪水非常"鸡肋"的工作，她想辞职卖童装。最初只是计划在市场摆摊儿，所谓的本钱，就是进衣服的钱而已，满打满算仅需要一千块钱左右，结果老公却强烈反对，担心她赔钱，还说她不安分。

可她真的很想试一下，于是恳求老公，就算赔也就赔这一千来块而已：你让我试试吧，不行我就继续回去上班。她老公就是不同意，说一千块钱又不是天上掉下来的，真要赔了，又不是赔你自己的，是咱们两个人的。

她一听这话特来气，一咬牙说，我问我妈借一千块钱行不行？赔了算我自己的，我将来慢慢还我妈可以吗？

她老公听后就不吭声了，她气呼呼地一个人去进货、出摊，再苦再累都不抱怨，因为老公只会说风凉话。因为有用心研究，加之服务态度好，她的生意竟非常好，一周左右就把本钱全部捞回来了。她赌气不告诉老公，老公也一直这么阴阳怪气的，两人一度感情极其疏离。老公经常挂在嘴边的话是"管她呢，一天到晚瞎折腾"。

后来家人终于知道她生意不错，也就不再反对了，可她心里始终不痛快。是的，最让人心寒的是爱人的反对，如果你连最起码的支持都不给我，又为何口口声声说爱我？

夫妻之间，最好莫过于志同道合，次好莫过于互相支持；最忌互相打击，拖对方后腿。如果不能给予对方支持，至少请学会闭嘴。

3

前段时间春雨医生创始人张锐去世，他的爱人小宝曾经写下一篇悼文，其中让我印象最深的一段文字是，当年张锐决意创办春雨医生时，曾问妻子小宝："我去创业可以吗？"小宝是这么回答的："你不创业，老了会后悔，我不想你后悔。"

张锐沉默一下又问："那我们把家里全部存款拿出来创业，我要是赔了怎么办？"

"赔了我就当我们买了一辆大奔，一出门撞墙上报废了。"小宝如此豪气的回答，真让我敬佩。

因为有小宝的支持，所以张锐无所畏惧地向着梦想进发了，最终做出了一番事业。

幸福的婚姻中有一种模式是，你在前方厮杀博出一片天地，我在后方解你后顾之忧。我们互相支持，互相做对方的"朱古力"，我看着你灿烂，你看着我璀璨。

而有了对方的支持，我相信，即使受了挫折，心里也是温暖亮堂的。多多给予爱人支持吧，彼此给对方力量，帮对方呵护梦想的小苗，因为你的支持，对他来说，真的很重要。

07

我爱你，
可是我不会把你捧在手心里

1

和几个群友一块聊天，A姑娘吐槽伴侣什么都不会做，比如不会洗碗、不会拖地甚至不会在网上订机票，总之，林林总总、大大小小的事务，全是她帮忙搞定的。她举例说有一次她去老公办公室，发现乱得惨不忍睹，就主动帮忙整理了一下。结果几天后她竟接到他的紧急电话，让她去办公室帮忙打扫卫生，因为领导会来抽查，而他真不知道要如何整理。

我听得直咋舌，忍不住问了一句："那你去了吗？"

她非常无奈地说："不去怎么办，他们单位管得很严，卫生不合格领导责怪下来要扣钱的。"

我蓦地想起父母帮孩子去做值日的桥段，这真的是老婆，而不是亲妈？

我沉吟了一下说："如果换作我，宁肯让他扣钱，也不会去帮忙打扫卫生。"

"我不是心疼钱吗？扣了肉疼。"这姑娘一副"我又能怎么办"的模样。

这下我听明白重点了，老公把她当成了无须付费的钟点工，而她呢，表面上是在抱怨，可实际上却像在宣扬自己多么宠他。说到底还是周瑜打黄盖，一个愿打，一个愿挨。

于是话题火速转换成了"你曾经多么疼你的另一半"。

这下话匣子打开了，B男生给我们讲了他曾如何宠爱前女友的若干小事：帮女友补会议记录；女友不想去上课，但那节课要划重点，于是他一个理科生乖乖背着书包去听压根不懂的《文艺理论》；最夸张的一次是女友要参加演讲比赛，写不出演讲稿，他在电话这头念一句，女友在电话那头写一句……噢，对了，连女友的入党申请书都出自他的手笔。

上面所说的两个故事都是真人真事儿，一个貌似特别疼老公，一个自认为非常宠前女友。群里一干男女听得眼睛都绿了，天啦，为什么我们从来没遇到过这种"十三孝"男（女）友？

我听后却完全没有羡慕，这真的是爱吗？他们有手有脚，作为一个上班族，整理好自己办公室的内务，作为一个大学生好好上课，不都是分内的事吗？在没有什么正当理由的情况下，为什么要代劳呢？表面上是爱，实际上却是养成对方逃避责任的恶习。

在我看来这样爱不但没有必要，反而后患无穷。

2

爱一个人，就应该完全没底线、没原则地为对方做一切吗？恨不能替对方牵马扶鞍、做牛做马，含在嘴里怕化了，捧在手里怕掉了，这真的是爱吗？哪怕这本来应当是他做的？

而据我所知，这种无底线的爱不止会发生在情侣之间，亲子关系也会演变成这样。

我们小区有个老太太，经常抱怨儿子内裤都是她洗的，还一个劲儿地强调因为儿子不会。这老太太七十八岁了，儿子也四十好几了。儿子离婚后搬回来和老娘一起住，老太太经常一大早拿个不锈钢锅去我们小区门口打鲜牛奶，说是给儿子喝的。每次碰到她，都会举一举那个小锅，生怕别人不知道她有多疼儿子。

我实在无法理解，七十多岁的老娘每天帮四十多岁的儿子洗内裤、打鲜奶，有什么可自豪的？儿子每天帮你洗内裤，帮你打鲜奶，再来那么开心，岂不更好？

把自己降身为保姆，表面上是在抱怨，实则甘之如饴。逢人就说自己为爱人、为家人付出多少，牺牲多少，无非就想换来一句"哇，你好伟大，你好无私"。

所谓的付出与牺牲，其实是想雕刻自己爱的丰碑罢了。表面是爱，实则是自私，是蠢。

3

遗憾的是，在亲密关系中，无论是情侣关系、伴侣关系，还是亲子关系，我常常发现会有人把无原则的溺爱当作真爱。

他明明可以搞定，而且应当是他自己搞定的事情，比如他的工作、他的个人卫生，你偏要代劳，好像不去做，就不够爱他一样。

第二个故事里的 B 男生曾经和我深聊过，他后来反思过自己当时为什么对前女友那么好，他是这么说的："一个人往往缺什么，就会拼命地把自己缺少的东西捧给对方，比如爱。以致后来我失去了自我，也失去了她。"

我深以为然，因为我不是第一次听过这种观点了。

不久前看《少有人走的路》时，作者斯科特·派克也曾举过一个例子。有一个牧师，表面上他是个好丈夫，也是个好父亲。他每天特别忙碌，因为他既要陪妻子去城里看话剧，又要帮两个儿子支付车险，还要做全部的家务。因为在他看来，其他人要么不会做，要么做得不够好，总之那个家离了他是无法运转的。

他去找心理医生，被问辛不辛苦时，他回答："当然辛苦了，可是我有别的办法吗？我爱他们，不能不管他们。他们有什么需求，我都尽量满足。"

听上去很伟大是不是？可是他这么费劲地去伺候的，是三个健全且健康的成年人。

斯科特·派克帮牧师追溯了他的童年，发现他小时候极度缺乏爱，父亲对他们兄妹和母亲都极其恶劣，所以他从小就立志做个好父亲、好丈夫。因为缺乏爱，所以就演变成了无底限地爱别人，还觉得自己简直是圣母再世。而实际上，他的自我牺牲与为爱付出已经接近病态，都有点儿演变成受虐心理了——表面抱怨，实则嗨得停不下来。他这样付出导致的结果是妻子患上抑郁症，两个儿子大学辍学，终日无所事事。

斯科特·派克还说，不合理的给予以及破坏性的滋养都有一个共同特征：以爱做幌子，只是为了满足自己的需要，却从不把对方的心智成熟当回事。现在明白了吗，这种付出，实际上满足的是自己内心的需求，而不去管对方需不需要，是否对对方有帮助。

可惜的是，生活中有太多的人自以为是地爱着，还自以为自己很伟大。

4

爱是一种特殊的情感，必须适当地约束。"国民岳父"韩寒不也曾说过吗，喜欢是放肆，爱是克制。假如不适当约束，任其猖獗放肆，它不仅不会成为真正的爱，反而会造成极为混乱的局面。

有一次我见一个妈妈满小区追着六岁的儿子喂饭喂水："你跑慢点，把这口蛋糕吃了。"儿子吃口蛋糕又和小朋友去玩了，她继续追着说"哎呀，你再喝口水"。这位妈妈还跟另一位妈妈抱怨："都这么大了，还不知道饥饱，真是一天到晚操碎了心，我迟早会累死。"

我好想送她个白目，孩子生下来就知道饿不饿、渴不渴，你这样做哪里是爱，分明是害。遇到这样的妈妈，才是真正的不幸。

爱一个人不应当是缚住对方的手脚，把对方变成残疾或者病态，而是应当成为他的翅膀，让他可以飞得更高。

是的，我爱你，你生病了我可以照顾你，你走不动了我愿意做你的拐杖，你看不见了我可以做你的眼睛，我也可以甜甜蜜蜜地喂你一口蛋糕。但是有些事我不会替你做，因为我知道，真正的爱是一种自我扩充，而不是没必要的自我牺牲。

斯科特·派克还强调，爱，不是无原则地接受，也包括必要的冲突、果断的拒绝、严厉的批评。爱一个人不是"放着，我来"，而是有一天我不在了，你依然可以活得很好，独自前行，与君共勉！

第二部
…

CHAPTER

生得漂亮，
不如活得漂亮

婚姻是需要经营的。好的婚姻需要让步。争吵时需要有一个人先停下来，当他已经变成了针尖，你千万别再做麦芒。

01

只有幸福的婚姻，
没有美满的婚姻

1

有一次，好友怂恿我给老秦发一条"我爱你"的微信，试探一下他的反应。她说她和几个朋友给老公发了这三个字，收到的回复有"没发烧吧""没毛病吧""说吧，又想买啥了"，还有一个就没回复。一条试探性的微信，搞得女人们要么失落，要么郁闷，有一对甚至开始了冷战。

其实不用发我都能猜出来老秦会回"乖，我也爱你"，最不济也会回个"愉快"或者"亲亲"的表情。果真，微信发过去，我收到了最不济的回复——一个"亲亲"的表情。

为什么我会有这种自信呢？因为我知道我们的婚姻质量还可以，他不会对我的示爱或者不满视而不见。

我认为，回复"我爱你"不一定能证明他深爱你，但是毫无反应估计也不会让人满意。至于回复"没毛病吧""你发烧了吧"的男人，也是欠收拾的类型，至少说明这厮不会哄女人。

我认为好的婚姻要相互回应，常示爱，能接招，对方有负面情绪时也不能假装看不见，能互相抚平最佳。

2

我认为好的婚姻第二条是，两个人在一起永远有话聊，甚于互相宠爱。

我的发小曾经和我讲过她舅舅和舅妈的生活。舅舅在我们老家县城生活，工作稳定，聪明好学，考了很多证书，其中有可以挂靠一年拿好几万块的一级建造师。她说舅舅和舅妈结婚后，舅妈就没上过班，她舅舅上班很自由，通常只上半天班。另外，舅舅不抽烟、不喝酒，也不玩网游，最大的乐趣就是和舅妈一起逛街、下跳棋或者打羽毛球。舅舅和舅妈之间的感情特别好，两个人永远都有得聊。舅妈四十多岁了，依然非常少女心，一看就是幸福的小女人。

我听完后羡慕得牙痒痒，莫名其妙地想起了杨过和小龙女，所谓神仙眷侣不过如此吧。这就是传说中的非常幸福的美满婚姻——婚后依然我宠你你宠我，如在热恋中。

3

第三部分开始之前,先问各位一个问题:你们上次拥抱是什么时候?昨天、前天?半个月前,还是半年前,甚至一年前?

很多人婚后,就不再继续谈恋爱了,尤其有了孩子后,生活简直一地鸡毛,争吵和冷战是常态。夫妻两个同床异梦,彼此抱怨,互相消耗,彻底绝望的甚至抱怨到不再抱怨的。

大概是八年前吧,我和老秦还没结婚,一个姐姐曾问我有没有关注过无性婚姻。像我这种纯洁的姑娘,遇到老秦前,做得最不纯洁的事情,就是躲在被窝里偷看陈忠实的《白鹿原》,提到"性"字都张不开嘴,婚都没结,咋会关注无性婚姻呢?但那个姐姐的话我一直记得,她说她认识的好几对夫妇,结婚才四五年就没有了性生活。后来见我完全没有和她深入交流的意思,这姐姐就没再继续这个话题。

很多年过去了,我却一直记得这个话头儿,因为我发现我身边也有很多夫妇很少有性生活,或者说极少有性生活。而他们结婚也不过才几年而已。

食色性也,男女大欲,都说洞房花烛是人生四美之一。年纪轻轻,却毫无激情,我不信两口子同时都是性冷淡。更大的可能是,婚姻让他们筋疲力尽,正常相处都罔顾,更不要提其他了。这样既缺乏精神上的沟通,也缺乏身体上的沟通的婚姻,毫无质量可言,只能算是形式上的夫妻而已。

曾看过一篇热文,叫《真爱是很想让你哈哈哈,而不是总想跟你啪啪啪》。乍一听是没错,可如果完全没有啪啪啪的意思,估计也哈哈不出来。

我年轻的时候,有阵子迷恋和残疾人谈恋爱方面的重口味小言情。这种小言情的女主角的恋人,要么缺胳膊要么少腿,要么失明要么聋哑,最夸张的还有高位截瘫的。其实聋哑啊失明啊,我觉得都没啥,我比较关心的问题是,高位截瘫的要怎么进行性生活。

我相信很多读者和我都有相同的困惑,毕竟柏拉图之恋只是少数,这种小言情多出自一些网站。然后我发现,这些网站真不愧是传说中的"大神遍地走"。大神们都好厉害,笔下的高位截瘫男主角也很长于身体沟通,总之结局很美满。

是的,完美的婚姻离不开和谐的性爱,虽然不方便为外人道,但是夫妻之间的小甜蜜,真的让人回味无穷。

<u>4</u>

当然,彼此间有回应,有话聊同时性生活和谐的理想型婚姻在现实中并不多见。大多数人的婚姻是充满了各种摩擦与争吵的。曾看过一篇题为《结婚 36 年后,我对婚姻的 36 个认识》的文章,它说"美满婚姻"应该从描述每一对情侣相处的词汇中消除。婚姻在很多方面都很美妙,但是期待婚姻永远美满也不能避免生活中难免有困境,它们是人生自然

的一部分。可是，这个作者也说："婚姻不是会自然而然地变好或者继续好。"

婚姻是需要经营的。好的婚姻需要让步。争吵时需要有一个人先停下来，当他已经变成了针尖，你千万别再做麦芒。我还知道，暂时取胜时不要得意，冷静下来后，如果发现是自身的问题，那就回过头去哄他。即使不好意思说对不起，也要让他知道，我知道你忍我了，让我了，容我了。OK，现在我心情好了，你可以和我算账了。

但至少曾经有三个姑娘和我吐槽，说她们也想开开心心、好好地过日子，可是另一半不配合。于是只能选择自己变强大，努力让孩子健健康康地成长。

听上去，好像配偶真的无法改变，全凭一个人在撑着。可这篇文章是这么说的，大部分好的婚姻会有一个人扮演关系维护人的角色——提起艰难话题的人；在困难期间继续怀着希望的人；当两人都有负面情绪的时候，保持稳定平和的人。在理想的世界里，这个角色是两人分担的；在现实的世界，只要有一个就足够了。

现实生活中，也有这样的例子。以我公公婆婆的婚姻为例，我公公脾气非常不好，说翻脸就翻脸（但是他心情好时，你翻旧账，指出他的错误，他也不会恼火）。他们的婚姻中，一直担任关系维护人角色的是我婆婆。每次我公公发火时，我婆婆的态度都是你又犯浑了，我懒得理你，不和你一般见识。这种情况下两人就会很快休战。但据我婆婆说，她这种大智慧也不是一时半会儿修炼出来的，年轻的时候她动不动就被我公公气得喊肝疼肺疼，现在则豁达了很多。

都说一个巴掌拍不响，如果你让步了，喊了"cut"，对方依然不依不饶，这样蹬鼻子上脸的人恐怕也不多吧。

至于和我抱怨老公无法改变，自己一个人在苦撑的姑娘，我不好下结论，毕竟我没和她们说的那个人一起生活过。我只能说尽力去改变或者弥补，"沮丧是婚姻最大的威胁之一。我看过挣扎中的夫妇，因为缺乏适当的辅导和鼓励，而放弃了如果坚持修补可以救活的婚姻"。

如果婚姻真的毫无质量可言，而你又彻底心灰意冷，我的建议是：放弃这样的婚姻或许才是真的对你和孩子都好。

不是天下的男人都那样，也不是每个婚姻都那样坑。好的婚姻也会有摩擦或者争吵，但是相较于坏的婚姻，它会让你自信、有底气，想到未来就充满了希望。你们出门会挽胳膊或手牵手，难过时你会想要他抱一抱，看到他郁闷时你会心疼——无论你们结婚了多少年。

02

有趣的婚姻，
要互相"调戏"

1

一天中午和同事一块吃饭，期间同事接了个电话，她一本正经地说："帅哥，一到中午就给我打电话，是不是对我有意思啊？告诉你，别费劲了，我有男朋友了。"

据我所知，这个同事是"有夫之妇"，听着这充满暧昧的言辞，我八卦心顿生，好奇地问她是谁（反正她打电话也没避讳我）。

"我男朋友。"同事很自然地回答。

"咦，男朋友？跟自己男朋友说有男朋友了？"

同事扑哧一笑："清浅姐，你不觉得这样说话很好玩吗，你和老秦之间难道都不这样'调戏'对方的吗？"

啊，原来是在"调戏（qing）"。不过话说回来，我和老秦好像好久没有互相"调戏"了，以至于我对这门绝活都有些生疏了。我们刚在一起的时候，就是所谓热恋期那会儿，说话也是这么好玩的。比如，中午他给我打电话时会说："郡主，请问您用膳了吗？"（因为我坚持自己的性格比较像《倚天屠龙记》里的赵敏）而我会这么回他："本郡主最近横向发展太严重，抑郁难平，无心用膳。"

有点儿作是不是？还有更作的。有一次我下班，老秦站在公交站牌等我，我走过去说："哟，长得很帅嘛，有女朋友了吗，感觉我怎么样？"这货非常配合地说："还不错，跟我回家吧。"然后我们就以一对勾搭成奸的狗男女形象手牵手离开了公交站，完全不顾周围人的感受。

口无遮拦也是常态。晚上睡觉前，会有这样自以为有趣的对话："皇上，今晚翻谁的牌？""兰贵妃？""没空。""武才人？""忙着呢。""那就你吧。""讨厌，勉强同意吧。"

那时似乎永远精力无限，就连说话都好玩，各种风趣，互相调戏这门绝活儿，更是拿捏到位。那时我们在路上看到的所有猫和狗，都以对方的名字呼唤之，打电话也经常开贱贱的玩笑，即便是重复了无数次的老梗，也不会觉得无聊。现在看来，其实是有一点儿作的，但一个人能作得起来，至少要有人愿意陪你作才成，这样才能皆大欢喜。

不得不承认，那时的相处模式的确比现在要有趣些，因为彼此经常开玩笑，打趣甚至互相"调戏"，而现在则显得很枯燥。

2

说到有趣的婚姻，不得不提钱锺书和杨绛先生。杨绛先生在《我们仨》以及《围城》的后记中，都曾提到钱锺书是个非常有趣的人，说他"满嘴胡说打趣，还随口胡诌歪诗"。杨先生举了一个例子，有一次钱先生用毛笔给自己画了个大花脸，结果杨先生皮肤白嫩，吃墨，费了老大的劲才洗干净。

此外钱先生还特别喜欢陪女儿玩，父女两人玩"猫鼠共跳踉"的游戏，还曾乐此不疲地往女儿被窝里塞东西。按照杨绛先生自己的说法："我们仨在一起，总有无穷的趣味。"因为他们都是好玩的人。

一般情况下，幽默风趣、玩心大炽的人，都会拥有有趣的婚姻，至少婚姻中有一位要比较有趣才成。现实生活中我也认识一对这样的夫妇，那就是小毛姐和小毛姐夫。

小毛姐曾向我吐槽，三八妇女节那天，姐夫给她发了一个大红包，钱还没捂热乎，姐夫又给她发来一条消息：老婆，能不能给我退点钱，我也想祝其他女同志节日快乐，可我微信红包里没钱了，（配以"大哭"的表情）。小毛姐说她当时哭笑不得，她觉得这种事儿也就姐夫能做得出来。

夏天时，有一天天气特别炎热，姐夫一本正经地问小毛姐："你知道人体哪里最散热吗？"毛姐忙问："哪里？"姐夫说："舌头，不信你把舌头伸出来，使劲呼气，试试是不是凉快了？"于是小毛姐照做了，然后就听到姐夫说:"快去门口蹲着,家里带人的时候,记得汪两声。"

姐夫经常"调戏"小毛姐,小毛姐也从来不恼火。即使"吃亏"也会哈哈大笑,因此两个人的婚姻生活非常有趣。

更高段位的有趣,则是两个人都很有趣,会互相"调戏"甚至反"调戏"。类似于相声中捧哏斗哏,你有来言,我有去语,配合极默契,那感觉好比郭德纲遇上了爱烫头的于大妈。

3

若想婚姻生活好玩有趣,有两个大的前提——首先是两个人必须"三观"较接近,其次彼此必须互相配合。

以《请回答1988》正焕爸和正焕妈为例。正焕爸是个乐观、有趣的人,他喜欢凡事好玩一点儿,所以每见到成德善,他会高高地举起手,大呼"成社长,你好"。德善也会很配合地举起手回应"金社长,你好"。然后两个人握手、击掌,一系列浮夸的动作之后才算打完招呼。遗憾的是,正焕妈从来不配合,不但不配合,大多时候还觉得正焕爸无聊、幼稚。因此,正焕爸那些自以为有趣的玩笑,在正焕妈这里得到的都是白眼。

比如,有一次正焕爸要喂正焕妈零食,正焕妈张开嘴,正焕爸伸进去的却是手指,第二次依然如此,到了第三次,恼羞成怒的正焕妈干脆紧紧咬住正焕爸的手指死活不松口。

说到底,要想婚姻生活有趣必须两个人达成共识,一方开玩笑或逗乐时,另一方要是觉得无聊,甚至恼羞成怒,那么这种互动不但不会有趣,还可能会引发矛盾。此外最好两个人旗鼓相当,如果总是一方唱独角戏,也会无法愉快地玩下去的。

但是,需要注意的是,即使夫妻之间开玩笑,也要把握好尺度和注意场合,以对方能接受为前提。曾有位男同志申请了一个小号,加老婆的微信,各种撩拨试探对方对自己是否真心,这和薛平贵西征回来试探王宝钏是否变心有一拼。这不是玩笑,更不是有趣,而是多疑、小心眼儿。

互相"调戏",不但会增加很多情趣,还是一种高级的调情,因为它会让你们的婚姻生活永远生机勃勃、活色生香。它好比平淡生活里的一剂调味剂,让你们平地生波澜,惊艳无限。

你有多久没和你家那位开玩笑了?如果你们的婚姻像一潭死水,不妨准备些无伤大雅的小玩笑,"调戏"他一下吧!

03

发生什么事，
你铁定离婚

1

那天朋友很认真地问我："你维持婚姻的底线是什么？也就是说，发生什么事，你铁定离婚？"

我犹豫了一下，这要搁以前，就会毫不犹豫地回答出轨啊、欺骗啊。

现在知道了那么多别人的婚姻故事，我自己也在婚姻中摸爬滚打了六七年，越来越清晰地认识到，婚姻比我们想象中复杂得多。离婚的理由可能很简单，而不离婚的理由，有时倒非常耐人寻味。

前不久偶然从公公婆婆闲聊中听到的一个故事，真真是"三观"碎了一地。事情是这样的，公公的一位董姓朋友，姑且称为老董吧，不知什么原因，抛妻弃子一个人在外边住。董太太请他回家，老董不肯，于是董太太列出了宏伟的三步走计划:第一步,让儿子儿媳请老董回家;第二步,如果老董不肯回,就让老董的小舅子去请(因为老董和小舅子关系好,估计有可能给个薄面);第三步,如果老董依然不肯回,就让老董某个世交好友去请,因为那位世交好友有言在先,五花大绑也要把老董绑回家。

我忍不住插了一句:"老董为什么搬出去?"结果,真相把我的"三观"毁了个底朝天:老董找了个小三,和小三在外边租房同居了一年多,最近小三也不知什么原因弃老董而去。于是董太太觉得自己的机会来了,决定重新劝老董回归家庭。听到这儿我想起了那句网络流行语,男人的毛病都是惯出来的。

老公出轨了,妻子不但不提出离婚,还想方设法地劝其回家,如此这般容忍,莫非老董特有钱?公公解释老董是做生意的,的确有几个闲钱。于是我进一步猜测老董这位正室可能是无业的家庭主妇,指望老董给她"发工资",所以才如此"包容"。

公公继续说董太太的计划,三步走如果都不成功,董太太就劝债主向老董逼债;据说老董欠了人家好几十万。这语气不像家庭主妇的,反倒像财大气粗的款姐的,否则几十万的债怎么就像毛毛雨似的?

公公解释,董太太也有自己的生意,而且比董先生做得还大,真真巾帼不让须眉。如此能干的女人,遭遇渣男劈腿,非但不利落甩之,竟隐忍苦等小三离去,这更让我费解了。好想给董太太打个电话"采访"一下:"你到底是为啥?难不成是爱得太深,以至于爱到无原则、无底线?"

2

年轻时,经常听办公室的大妈们吐槽自己的老公多么懒、多么不顾家,比如从来不拖地,回了家就知道打游戏,完全没有一点儿责任心。(不好意思,我现在就是这样一个大妈)我和一个同龄的同事,经常偷偷议论大妈们怎么可以如此"宽容",婚姻怎么可以这样的不堪?我们还暗地里商量,如果这种事儿发生在自己身上,坚决零容忍,离婚没商量;但现在我发现,婚姻这玩意儿有时牢固到超乎想象。

婚后老秦从不主动做家务,也不怎么做饭,我也没有因此把他大卸八块,只是一次一次地和他争吵。我这个同事则还要惨一些,她怀孕临产时,半夜见红阵痛,叫醒她老公。她老公"噢"了一声,翻个身继续睡了。她又继续叫她老公,对方依然睡得像头死猪,好不容易清醒了,人家却说:"半夜三更的别瞎折腾了,天亮了再去医院。"竟又倒头睡了。

生孩子还能等天亮再生?万一等的时候生在家里了,抑或难产,一尸两命,到阎王老子那儿报到,老家伙问怎么死的,告诉他老人家我老公太困,不肯送我去医院?

我猜这件事儿肯定会对女方造成万分的伤害,然而非但没听说人家离婚,相反人家日子还热热闹闹地过着。

毁三观了吗?这篇文章就是要将大家的三观毁到底。

3

还有个朋友，婆婆生病住院期间，她夜以继日地照顾，还四处借钱给婆婆治病。就是在这当口儿，发现老公劈腿了。

当时她果断提出要离婚，我也万分地支持她，这种男人就该拉出去剁了。可后来却没了动静，朋友解释，婆婆都病成那样，两个人要再闹离婚，估计得一命呜呼，暂时忍一忍吧。只能说，她真是个孝顺的儿媳妇。

一年前她生了二胎，这年头有勇气生二胎的人，要么不差钱，要么不差人，要么不差感情。所以我猜他们应该已经前嫌尽释，恩恩爱爱承担起了一起抚育二胎的重任，几年前老公出轨那段肯定早就翻篇了。

然而有一天大半夜她却抱着电话和我哭诉，老公又出轨了，这次无论如何也要离。我一向嘴拙，完全不知道该如何安慰，顺着她说："那就离吧，我正好认识个律师，要不要介绍给你？"大半夜我辗转反侧睡不着，特心疼她。她一直在家做全职妈妈，二宝才一岁多，如果真要离婚，男方不肯让出孩子的监护权，这可有得争了。

这段时间她又和我说，暂时不打算离了，瞎凑合过吧，他保证了会改，最近表现还可以。

我十分诧异，这男人都出轨两次了，为什么一而再，再而三地原谅他呢？于是问她："他拿孩子要挟你了？"

她说："没有，他说舍不得离开我们娘仨儿，我决定再给他一次机会。"

劝人离婚好像在反对社会主义和谐价值观似的,可那个瞬间我真的好想一头撞死。罢了,各家日子关上门自己过,穿在脚上的鞋磨不磨脚只有自己知道。她若不离,你总不能拿着刀架在她脖子上逼她去民政局吧。再说,毕竟那是人家的家务事,我在一旁瞎掺和什么呀。

我现在分析,没有离婚,只能说明日子还过得下去,无论是感情因素,还是经济因素或是所谓的孩子因素。所以很多时候婚姻比我们想象中复杂得多,不是非黑即白,也不是说你当初划好了界线,他一旦越界,你们就真的会玩完。

抛除利益关系,我也在猜测这几位姐姐不离婚的原因——爱得太深?习惯了对方?还是没勇气一个人生活,而其他男人不见得比这个好?说到底,婚姻如人饮水,冷暖自知,可能她们生活得并没我们想象的那般糟糕吧。

04

好夫妻互相捧场，
坏夫妻彼此拆台

1

《人民的名义》这部反腐大剧因为剧中形形色色的婚姻状态，引发全民对好婚姻和坏婚姻的讨论，甚至连山水集团从未露面的会计刘庆祝和广场舞大妈吴彩霞的婚姻也引发了关注。这部剧里比较引人关注的莫过于李达康和欧阳菁、高育良和吴惠芬、祁同伟和梁璐、侯亮平和钟小艾这四对夫妇了。其中李达康和欧阳菁、祁同伟和梁璐这两对的婚姻最为人诟病。本来被人看好的高育良和吴惠芬夫妇，随着剧情的发展，也被扒掉了华丽的外衣露出了貌合神离的真相，原来不但高育良和吴惠芬已经离婚了，高育良还有一个叫小高的情人。这让更多的观众开始反思，到底什么才算是好的婚姻呢？

一个好友一语中的。她说，婚姻好比朋友关系，好婚姻中的夫妻之间互捧场，坏婚姻中的夫妻之间互拆台。对于她的说法我深以为然。

可不是，以李达康和欧阳菁为例。毋庸置疑，李达康是个为民做主的清官，但李达康也是公认的"不能嫁的男人"。他实在太爱惜自己的羽毛了，即使妻子有事相求，但只要涉及公权，他就会义正词严地拒绝，以至于欧阳菁觉得他没有人味儿。

当然，我也反对动用公权为亲友牟取私利，但是不能为其牟私利，能否在其他方面进行弥补呢，比方多关心对方一些？显然李达康并没有这样做，不但十二点前很少回家，甚至懒得和欧阳菁交流沟通。

无须多问，欧阳菁后来做到某银行副行长的职位，应当也没有沾李达康的光。正是因为没有丈夫的支持，所以欧阳菁才会觉得在婚姻内特别孤独无助。

不仅两人的感情极其疏离，两人连目标都背道而驰：李达康一心想做出一番事业，欧阳菁的心愿却是让李达康做不成官。在发现自己身处险境后，欧阳菁恳求李达康用私车送她去机场。她明知自己一旦事发，李达康的政治前途就玩完了，但还是毫不犹豫地拖李达康下水。如果不是被侯亮平拦在了去机场的路上，李达康的政治前途就真的毁于一旦了。

几十年的夫妻走到了尽头，最后一刻李达康对欧阳菁充满了愧疚与怜惜，但是此时欧阳菁却只是在利用李达康，甚至可以说在进行最后的报复。虽然这种做法有争议，却与李达康一直以来只顾经营自己的事业，对妻女不管不顾密不可分。

2

与李达康夫妇形成鲜明对比的，则是侯亮平和钟小艾夫妇。他们一个在检察院工作，一个在纪委工作，既是夫妻也是纪检战线同一战壕的战友。

当侯亮平的铁哥们陈海遭人暗算变成植物人后，为了查出事情的黑幕，侯亮平被调往汉东省检察院任反贪局局长。调任不同于出差，不是一朝一夕就能回来的。钟小艾起初不同意，且不说汉东省局势复杂，险境丛生，侯亮平调任后养老和抚小的任务就会全落在小艾身上。但最终小艾还是同意了，一则她了解自己的丈夫，如果不让他去，他不但会寝食难安，更会遗憾终身；二则钟小艾作为一个职业女性，在事业上能有所成就，其实与侯亮平的大力支持分不开的。何以见得呢？

众所周知，早年侯亮平为了钟小艾，放弃了汉东省的大好前途，调去了北京，以至他的职位一直不如钟小艾高。而在钟主任忙着工作时，去小猴子学校开家长会的都是侯亮平；侯亮平好不容易回趟北京，钟小艾却总要加班，陪着小猴子去报辅导班的也是侯亮平。侯亮平还做得一手好菜，经常和钟小艾比拼厨艺，是干得了事业、顾得了家、带得了娃的"三好丈夫"。

用一句话形容他们夫妻二人的感情最适合不过了：好的婚姻，是我看你灿烂，你看我璀璨。两个人可谓共同成长，互相成就。

3

的确,优秀的老公不但会主动承担家务,帮忙照看小孩,更会支持妻子的选择。

我们小区就有这样一位宝爸。他妻子原本在一家国企上班,虽然工作清闲,但她却觉得年纪轻轻就开启"养老模式"实属浪费青春,她想辞职开网店卖童装。双方老人都表示反对,觉得这样做太冒险,还说多少人做梦都想拥有一份这样清闲的工作。这时她的老公说,既然你那么想做,就去做吧,我支持你。

老公的支持并不是口头上的,而是主动帮忙照看小孩儿,她进货时出谋划策,没生意时帮忙宣传,妻子忙碌时主动当客服……后来这个邻居的网店开得红红火火,她有一次和我聊天时特别说到网店能开起来,最感谢的人就是她老公。的确,爱人的支持不但是你产生力量的源泉,还会为你平添许多勇气,更会让你们的情感升华,心灵近在咫尺。

好的伴侣,不但经常肯定你的,支持你的选择,还会让你更自信。

是的,好的婚姻夫妻二人彼此捧场,坏的婚姻夫妻二人彼此拆台。你们属于哪一种?

05

你的问题不是遇到渣男，而是没及时踹开

1

看了一则有意思的新闻，从大年初一到初七，重庆共有549对，也就是1098个男女，恢复了自由之身。民政局的工作人员介绍，有人大年初一就要求离婚。真如许巍歌里唱的那样："没有什么能阻挡，我对自由的向往。"可惜被民政局给阻挡了，人家放假了。

朋友的表妹谢楠，就是赶在情人节前恢复了单身的一员。谢楠和老公小许是相亲认识的，谢楠是新媒体编辑，小许是一家国企员工，两人的父母都是工薪阶层，算是门当户对。婚后没多久，谢楠怀孕并诞下一千金，谢楠从不知道该怎么给孩子哺乳到能独自给宝宝洗澡只用了四十多天时间，而在此之前，谢楠也是衣来伸手、饭来张口的小女生

一枚。

郁闷的是，谢楠迅速成长为了独当一面的辣妈，小许却烂泥扶不上墙，跟没当爹时一个样。依然昼夜不休地玩游戏，还以孩子晚上哭闹影响自己明天上班为由搬进了小卧室，实则经常一个人玩游戏到深夜。谢楠几次三番和小许沟通，希望他能帮帮忙，带带孩子、做做家务。小许哼哼哈哈每次都嘴上答应，结果却依然我行我素。

离婚的导火索是春节期间宝宝生病了，晚上小许要出去和哥们儿喝酒。谢楠原本不同意他去，小许说他们哥们天南海北一年才聚一次，谢楠只好嘱咐他早点回来。结果小许刚出门没多久，孩子就发烧了，谢楠先给宝宝吃布洛芬退烧，没想到两小时后又烧了起来，一量体温，近40度。谢楠慌了，决定带孩子去医院，同时给小许打了个电话，对方却一直不接电话。

电话好不容易打通了，谢楠还没开口，小许就骂道："你有意思吗，我这刚和朋友没喝几杯呢。"

谢楠憋着一肚子火，冷静地说："孩子烧到了40度，我这就带她去医院，你也过来吧。"

春节期间，好多医院只有急诊室上班，谢楠跑上跑下地挂号交费，带孩子验血、做皮试。一直到第二天早上十点，小许才露面。第一句话不是问宝宝好点没，而是劈头盖脸地指责谢楠没照顾好孩子。

谢楠头天晚上独自守着身体滚烫的孩子，着急上火嗓子都哑了，反问一句："孩子生病，为什么是我没照顾好？照顾好就不生病了吗？"

结果这货理直气壮地说,他挣钱养家,谢楠又不上班,管孩子、做家务是她谢楠的事儿。还说男主外,女主内,是几千年来不变的传统。

谢楠听得下巴都要掉下来了,咬着牙问道:"你当真这样以为?"

小许哼一声,没说话。

谢楠就此下了决心:离婚,必须的。

原来谢楠被小许视为"没照顾好孩子"的病灶在根儿上,是所谓的价值观问题。而要改变一个人根深蒂固的价值观太难了,所以哥白尼至死才发表日心说,布鲁诺才会被烧死。

当天下午孩子退烧了,谢楠很平静地和说:"咱们离婚吧。"

小许说:"大过年的,你疯了吗,脑子进水了吧?"

谢楠淡然地说:"你说进什么了就进什么了吧,孩子归我,其他的我都无所谓。"

觉得谢楠脑子进水的不止小许,还有一大堆七大姑八大姨。大家都说,不就是大半夜一人带孩子去了医院吗?屁大点儿事,值得离婚吗?

谢楠不愿意和他们解释,很多人都觉得为了婚姻必须长期忍耐和将就,尤其是如果有了孩子,他们和稀泥的态度就更明显了:为了孩子算啦,孩子没有爸爸好可怜。谢楠的观点恰恰相反——长期让孩子看到自己的父母争吵互撕,那种妈妈才残忍,那种孩子才可怜。

2

我见过两段长期忍耐和将就的婚姻,其中一对是同学的父母。同学的爸爸很大男子主义,自私、自我,不管孩子、不顾家;妈妈跑里跑外,非常辛苦,灯泡坏了、马桶堵了,都是自己修。另一对是我表姐夫妇,表姐的老公也是甩手掌柜,认为管孩子、做家务不关我事。表姐没比表姐夫少挣钱,管孩子、顾家却全是她的事儿,过的是传说中"有丈夫的单亲妈妈"的日子。

不管孩子、不顾家的男人不配娶老婆、有孩子。因为这种婚姻非常消耗人,它会让女人长期被负面情绪笼罩,心力交瘁却又无可奈何,不能改变他人,又不愿意"付出过多",那么摆脱的唯一方式就是离婚。

说到这,估计又有人问那个终极问题:渣男到底能不能避得开?

百度百科对"渣男"的定义是:自我感觉极好、极度自私、擅长索取、不负责任,以玩弄别人感情为乐的男性。在这里,我们把最后一项"以玩弄别人感情为乐"剔除掉,因为我口中所谓的渣男,专指那种婚后不和老婆、孩子一起成长,极度自私,不负责任的男性,换个流行词叫"巨婴",武志红老师习惯称之为"妈宝男"。最恐怖的是,这部分男人对自己的行为不自知,还觉得自己辛苦养家,居功甚伟。

我曾经有篇文章讨论过这个问题,叫《当男人无法和你一起在婚姻里成长怎么办》。让我意外的是,评论里有人说:不是我幸运遇到好男人,而是我一开始就不选渣男。这也就是把遇到渣男的责任怪到了女方身上。

且不说爱情本身容易让人精虫上脑，猪油蒙心，无限夸大对方的优点，淡化对方的缺点；更何况男同学们在追求女孩子，经常"超常"发挥，有"非凡"表现。

渣男真的那么容易避开吗？反正我知道的几位，脑门儿上都没写着"渣"字。而且有的男人的确是在婚后才被发现有问题，且也没能和对方一起成长。

3

那么，为什么婚后没能一起成长呢？有一种是根儿上的问题，也就是传说中的大男子主义。比如前面提到的小许，人家骨子里以为管孩子、做家务压根不是自己的事儿，所以你急得如热锅上的蚂蚁，人家还是会哪凉快哪待着。

这种人完全没有教育改造的必要，遇到了只能自认倒霉：能忍则忍，不能忍则休。

还有一种则是拒绝成长，因为他内心觉得自己还是个小孩子，以"宝宝"自居，习惯了遇事儿往后躲，反正从前他有妈，现在他有老婆，有得靠，自然无须出头。

还有一种，不好意思，恐怕是女人自己惯出来的。

我认识一个姑娘，优点是做事非常利落，手起刀落，乱麻分分钟变顺麻。缺点是别人做事儿她容易看不上眼，比如老公拖地，她觉得没拖干净，洗碗嫌水开太大，洗菜嫌不是一片叶子一片叶子地洗。老公就觉得她过于挑剔，后来干脆什么都不做了，反正这位超人姑娘永远都能一个人搞得掂。

是的，女人能干固然好，只要心甘情愿，这种婚姻模式也未尝不好。可最近这姑娘的婚姻也有点失衡，她最近生了一对双胞胎，手忙脚乱，惯于袖手旁观的老公完全靠不上，过多的付出让她怨气冲天。

当然，这种渣男也不是完全无迹可寻，他们的主要特征大体相似：贪玩，懒惰成性。老婆让干吗总叽叽歪歪半天没反应，相反朋友一个电话哪怕天涯海角刀山火海都会第一时间地奔过去。只不过这种渣男有的在可容忍的范围内，有的已到了人神共愤的程度。还有一条线索，那就是在一般情况下，妈妈特能干，大包大揽的，做儿子的往往就容易变成"巨婴"。当然，以上情况并不绝对。

的确嫁人前要好好甄别，可是已经嫁了这种男人的，怎么办？

改变一个人，真的太难了。所以，不要做无用功。他如果一直拒绝成长，咱们也无须苦苦煎熬，民政局怎么走，不需要我给你指路了吧？

06

永远不要为了完成
别人的心愿结婚

1

你是为谁结的婚?

乍一看是个蠢问题,可据我所知,的确有一部分人是为了完成别人的心愿才结的婚。

前几天,有个叫阿芝的姑娘和我倾诉,说前段时间妈妈确诊了,是癌症,所以她现在是数着日子陪伴妈妈。有时聊着天就扯到她身上来,因为她尚且单身,这一直是妈妈的一块心病。原先妈妈一直催她结婚,急得不得了。现在因为生病了,心态倒平和了很多。但妈妈越是这样,她越觉得愧对妈妈。

她说:"清浅姐,我理解我妈,毕竟我也老大不小的了。我并不是独身主义者,别人给我介绍对象,我也挺积极的,但就是一直没有遇到合适的人。我知道妈妈最大的心愿是生前能看到我结婚,于是我想,要不就找个人嫁了吧。"

听到这里我一怔,回了一句:"嫁谁呢?"

她说:"相亲网站或者朋友介绍都行,只要人好我就接受。现在只要一想到妈妈心愿未了,我就觉得自己特别不孝。"

听她这样说我挺难过的,我理解她的心情。自己最亲爱的妈妈身患绝症,每天都在数着日子过活,自己却连妈妈想看她穿上婚纱这样的心愿都不能满足。换作我,也会觉得自己不孝甚至"罪大恶极"。

可是,我还是劝她,不要为了完成别人的心愿而草草结婚。因为婚姻是一辈子的大事。就在前几天,她告诉我,她很后悔当初没能扛住压力,草草把自己嫁了。

2

在我们所在的爹妈群里,一位二胎爸爸心血来潮,让大家给各自的婚姻打分。满分是十分,群友们打的都是八分或九分,唯独阿芝打了四分。

我吃了一惊,没想到她的婚姻质量竟这么糟糕。

我和阿芝是很好的朋友,属于见了面就互损,但是谁要是当着她的面说我坏话或者当着我的面说她坏话，我们立马就会和人怼起来的那种好友。因为太了解她加之关心她，我忙私聊问她："怎么回事？"

她说："怎么说呢，我就是觉得我结婚结得太着急了。当时我的情况你也知道，我妈天天催我。"

的确，她二十九岁时依然单身，家人非常着急，她病急乱投医，甚至找算命大师（就是老秦）给她算过她哪一年才能结婚，真命天子在何方。

当时她妈妈用各种方式来催她，一般人家其实催婚并没什么新鲜的，无非是"和你同龄的娟子孩子都三岁了""我像你这么大的时候你都六岁了"。阿芝妈妈催婚的花样却比较新鲜，甚至堪称歇斯底里——一哭二闹三上吊，经常说阿芝再不嫁人，她就没法见人了。

后来阿芝认识了现在的老公，是阿芝的姨妈介绍的，工作稳定，家境也不错。全家人都觉得这小伙子不错，阿芝也觉得人不错，但是如果让她嫁给他，她还是有些犹豫。

见她犹豫，她妈妈故伎重施，各种折腾，喊着要跳楼，甚至有一次给她跪下了："我就是想让你找个好人家嫁出去，这么一个简单的心愿都实现不了吗？你就当完成我的心愿成不成？"

不仅如此，她妈妈还说她自私冷血，不结婚就是不孝。阿芝当时都懵了，以前看网上说家里逼婚很严重，她还想大不了不理就是。现在知道了，有的父母逼婚是真逼，而且是快把人逼死的那种逼。她说当时她都快患上抑郁症了，甚至想离家出走，又担心老妈真的会跳楼。

后来她就嫁了，老公的确人不错，毕竟全家都看走眼的可能性不大。只是人不错不代表就是适合你的。两个好人，不一定有一个好婚姻。婚后她发现两个人没话说，聊不到一块，经常说两句就呛起来了。因为血压高，她不能生气，所以遇到沟通不下去的时候她就不说话了，后来干脆不沟通了。

这让我想起了《一句顶一万句》中的一句话：不爱说话是心里还有话，没话说是干脆什么都没有了。

两个整天生活在一起的人，如果连沟通都没有，那得多孤独？罗宾·威廉姆斯曾经说过这样一句话：一个人最大的孤独，不是自己过一生，而是和一个让自己感觉孤独的人过一生。

"我反省过自己，发现我当初的确是为了完成我妈的心愿才结的婚，我觉得我错得有些离谱。我现在觉得结不结婚和孝不孝没有任何关系，反倒是逼婚的父母比较自私。"阿芝总结道。

她说妈妈现在也后悔了，当初不该那样逼她。当时妈妈觉得她中邪了，好好的人不愿意嫁，现在则觉得是自己中邪了，非逼着女儿出嫁。然而，后悔已经晚了。

人的一生是很漫长的，三岁时你可能为了天不下雨，无法穿上新买的花雨衣发愁；三十岁时，你可能为没有合适的结婚对象发愁；四十岁时，你却可能因为随随便便嫁了一个人又不好离婚而发愁。

3

结婚不是完成谁的心愿,结婚也不是因为大多数人结婚你就结婚。而是遇到了一个人,你想和他结婚,他也正好想和你结婚,而你们结婚的原因,是你们愿意在一起,你们有话说。

我始终认为,两个人在一起,要比一个人在一起更好才成。如果婚姻不能滋养你,不能让你快乐,为什么要结婚?

尽管大家都说再好的婚姻都有过一百次产生离婚的念头,但是希望你没有离婚,不是因为在凑合,在忍受,而是因为他有让你继续和他过下去的理由。

好比我和老秦,虽然一天吵八百次,但我们还没有分开。那天他带我去健身房,一个会员远远地说:"达人,快过来,给我们打一套拳看看。"

老秦拽得二五八万似的,理都不理,继续耐心地告诉我,这个器械是做什么的,那个器械是做什么的,然后一一给我示范怎么用,同时带着鼓励的眼神和我说:"来,你自己试一试。"

其实我来健身房都三个月了,我从来没去过器械区,因为我不懂怎么用,也不愿意请教别人,老秦一下子就看透了的我虚张声势和不懂装懂,所以主动教我。那一刻,我知道我是爱他的。

我们的婚姻,肯定不是最好的婚姻,我顶多也就给这段婚姻打八分。但好在这个婚姻是我为自己选的,而不是为了完成谁的心愿,我愿意为它负责，愿意和它一起成长，出现问题时也愿意反省自己。

如果是为了完成别人的心愿才结婚，这无异于给婚姻埋下了一个炸弹，因为你会觉得自己在屈就，在退而求其次。这种委屈感，会让你们的婚姻面目全非，原本正常的争吵，也会怪到为了别人才结婚上去。

是的，希望你结婚是因为遇到了想共度一生的人，是那种有他在，余生都不嫌漫长的人。正如钱锺书所言："没遇到你之前，我没想过结婚，遇见你，结婚这事我没想过和别人。"这样的婚姻，即使出了问题，你也会去寻找解决之道，而不是一味地委屈抱怨。

是的，你的婚姻，你负责。请不要为了完成别人的心愿而结婚。

07

走进没有爱情的婚姻，
才是对自己最大的残忍

1

前几日，C姑娘告诉我，她决定嫁给Z先生了。Z先生是C姑娘相亲认识的，家境尚可，工作稳定，月薪接近五位数。大家都觉得Z先生的条件很不错，C姑娘也如此觉得。

C姑娘年方三十一岁，今年春节是七八年来她第一个没有七大姑八大姨逼婚的春节，因为大家都知道她有了Z先生。光凭这一点儿，她就无比感激Z先生。但是仅此而已，说不上喜欢，也说不上讨厌。

C姑娘问我意见的时候，我隐隐听出了C姑娘的一丝不甘。她继续追问我，相亲认识是不是很难深深地爱上对方，是不是只要不讨厌就可以了？

这个问题让我想起曾经很流行的一句话：你是为了爱情结婚，还是为了结婚而结婚？

我虽然没有相过亲，但是我知道有的人是通过相亲认识的，而且很相爱。此外，我恋爱过，也结过婚，作为一个已婚人士，我的建议是，女人啊，还是应当嫁给爱情。

爱一个人，想起他嘴角就会不由自主地往上翘、逛超市就会不由自主地往购物车塞他爱吃的东西、受了委屈就会第一个想打电话给他、明明刚分开还是会想他，两个人在一起会做别人看来毫无意义的傻事，就算在生他的气但只要他略施苦肉计就会忍不住想原谅他……

爱情是件多么美好的事啊！你真的愿意对自己这么残忍，不给自己的婚姻留一点儿余地？

如果一开始就没有爱情，用什么来撑过婚后各种琐碎的鸡毛蒜皮，拿什么心境养育一个宝宝，一旦遭遇不幸或危机又如何携手共同对抗多舛的命运？

2

有一对年轻夫妇，他们在宝宝生下来之前，在一次检查中发现胎儿是个无脑儿，但他们还是选择生下了这个孩子。无脑儿是个什么概念呢？就是照B超的时候，宝宝的大脑是一片空白的。

遇到这种情况,很多人都会觉得这孩子一生估计都玩完了吧。这对夫妇没有。他们像对待正常的孩子那样对待这个宝宝。他们根据医生的指导,一遍遍重复着某些动作,而且是很慢很慢地重复,给孩子一种照镜子的感觉(镜像原理)。他们相信他们的任何一点泄气或者失望,宝宝都会感觉到的,所以他们一直很努力很努力地去做。

这是一个 TED 的演讲,他们的宝宝叫马里奥。他们说坚持了几年后,孩子的情况有了好转,而且好了很多。演讲快结束的时候,他们叫了声"马里奥"。一个小朋友从后台跑了出来,那是一个特别帅、特别阳光的小男生,这个小男生看起来和同龄的孩子没什么两样。

这对夫妇说,现在带他去做 B 超,孩子的大脑已经不是一片空白了呢。

你觉得,如果他们不是真心相爱,不是特别珍惜彼此,真的会如此珍视一个"残缺的结晶"吗?

如果没有爱,大概会责怪彼此的基因吧!恨不得翻出对方几代家谱来,看有没有出过弱智或者残疾。总之,肯定把原因怪到对方身上。然后即使不离婚,生活也会陷入不幸的深渊,一天到晚怨声载道,被一团戾气包围得透不过气来。

真的无法想象没有爱情的婚姻,想想就觉得心好凉。

去年我有个朋友查出乳腺癌,她才三十三岁。她说得知这个消息的时候,感觉天都塌了,完全不知道该怎么办,除了手足无措就是觉得她要死了。这时她先生说:"别怕,有我呢。"她听到这句话时,"哇"的一声就哭出来了。因为男人的这句"有我呢",她突然就有了些底气。

她老公是这么说的,也是这么做的。他陪她去医院,带她去检查,像大山一样可靠。幸运的是,因为发现得早,她的病情已经基本控制住了。她说,如果不是有她老公,可能癌细胞还没扩散,她自己就被绝望杀掉了。

如果不是深深爱着,你真的有勇气和他一起面对突来的病魔,一起面对意外的不幸吗?有个读者曾经给我讲过一个故事:一对恋人刚结婚没多久,男人出了车祸,当时女人大着肚子,医生说救过来也可能是植物人。女人哭着哀求医生,求你救救他吧,就算他是个植物人,我也会照顾他一辈子的,我和孩子不能没有他啊。当时所有人都为之泪下。

男人被救活了,而且真的成了植物人。女人生下孩子后,就把孩子交给公公婆婆带,自己上班挣钱,当时大家都好心疼她,觉得这女人有情有义。两年后,她已经不回婆婆家了,小孩子也不要了,至于植物人丈夫——她交了新男友。

就算久病床前无贤妻,可是这才两年不到呢。归根结底,还是因为他们根本没有爱得很深吧!选择给老公做手术,只是想证明自己是个有情义的人,至于漫长的凄凉的未来,她根本没有想那么远。

你必须要有很多很多爱,才能拉着他的手,一起度过这充满悲欢离合的一生啊!不幸的是,很多人婚后就不会爱了。

你有多久没好好和他约会了?你有多久没有像以前一样躲在他怀里撒娇了?你有多久没有拉着他的手,心满意足地听他说说话了?

那些曾经真心相爱且爱得死去活来的人，婚后都有可能会如此平淡如水，更何况那些从来没有爱过的人？

如果没有爱着，怎么能忍受他当着你的面打嗝、放屁、抠鼻子甚至拉很臭的屎？如果没有爱过，又怎么会在他大小便失禁的时候毫无怨言地帮他收拾干净？如果没有爱过，又怎么能在漫长的岁月里看着他的容颜被岁月摧残，变胖、变丑、变皱巴？

以前有句很鸡汤的话——愿所有姑娘最后都嫁给了爱情。说得真好。所以，亲爱的 C 姑娘，七大姑八大姨的催婚并不可怕，走进一个没有爱情的婚姻才可怕，那才是真正的万劫不复。

别对自己太残忍，年龄不是问题，单身也不是问题，将就才是自讨苦吃。

第三部

CHAPTER 3

在多变的世界,
修一颗柔软的心

最最重要的一课则是尊重:我们爱一个人,不是因为他像我,而是因为他就是他。不懂这些道理,即使嫁给了钱锺书,你也不会幸福。

01

跟钱锺书和杨绛，学夫妻相处之道

在我的印象中，世上最幸福也最有趣的夫妻，非钱锺书和杨绛两位先生莫属了。最近我又认认真真地把《我们仨》读了一遍。然而读完后我却绝望地发现，以我对待婚姻的态度，即使嫁给钱锺书先生，我也不会幸福。为什么呢？听我一一道来。

本书第三部分的开篇，钱锺书自称"拙手笨脚"，杨绛写道："我只知道他不会打蝴蝶结，分不清左脚右脚，拿筷子只会像小孩儿那样一把抓。我并不知道其他方面他是怎样的笨，怎样的拙。"

杨绛很快就见识了钱锺书的"笨"："他初到牛津，就吻了牛津的地，磕掉大半个门牙。他是一人出门的，下公共汽车未及站稳，车就开了。锺书摔了跤，自己又走回来，用大手绢捂着嘴。手绢上全是鲜血，抖开手绢，落下半枚断牙，满口鲜血。"见此情景，杨绛先生"急得不知怎样能把断牙续上"。

如果这件事情发生在老秦身上（老秦走路撞床角或墙角也是常有的事），我会是什么态度呢？即使我嘴上在问他"没事吧"，心里却会暗暗生气：怎么就这么笨呢，真是够了！

再来看一段，杨绛曾细致地描写了钱锺书给她做早饭的情景，还用一张专门在床上用餐的小桌把早餐直接端到她床前。

"我们一同生活的日子——除了在大家庭里，除了家有女佣照管一日三餐的时期，除了锺书有病的时候，这一顿早饭总是锺书做给我吃。"

如此笨拙的一个人，竟然是宠妻狂人，每天为老婆做饭，杨绛简直太幸福了有没有？更何况这个做饭的人还是个大才子，堪称天才呢！

但是，紧接着杨绛又写道："一九七二年的早春，早起，锺书照常端上早饭，我吃着吃着，忽然诧异地说：'谁给你点的火呀？'"

"锺书等着我问呢，他得意地说：'我会划火柴了！'这是他生平第一次划火柴，为的是做早饭。"

一大早给爱妻做了早餐，我羡慕得都要流口水了。But，不会划火柴？！换作我，即使老秦是个天才，我能忍受他"不会划火柴"吗？不好意思，若家里开关坏了他不会修，我能吐槽一百零一次。

杨绛诞下一女，需要住院，钱锺书每天到产院探望，顺便报告不好的消息：他打翻了墨水瓶，把房东家的桌布染了、台灯砸了。杨绛的回答通通是"不要紧，我会洗（来修）"。

对钱锺书来说，"拙手笨脚"是他的一个重要特征，也是一大缺陷。

杨绛一贯的态度都是"不要紧""有我在",做到了完完全全的包容。你闯的祸我来收拾。这种宽容大度,我有吗?不但没有,还会骂对方"巨婴""笨得要死"吧?

所以,有时候不是我们没有遇到最好的那个人,而是遇到什么样的人,都会觉得他不够好。那么幸福婚姻的真谛究竟是什么?其实从两位先生的婚姻中可略见一斑。

第一,共同分担家务,尽可能地多为对方做些事。

刚有写到,钱锺书给夫人做了一辈子早饭,杨绛也没有偷懒,她负责的是午饭。两个人其实是共同分担做饭这项重任的。

杨绛还写到他们搬家时,每个人都有事做,"拙手笨脚"的钱锺书便拿起扫帚开始扫灰。由此可见,钱锺书是从来不逃避做家务的。

杨绛怀孕后,钱锺书更是早早陪她到产院定下单人病房并请女院长介绍专家大夫。院长问:"要女的?"

钱锺书的回答是:"要最好的。"不但把产妇安危放在第一位,还十分开明,要知道那时可是二十世纪三十年代。

此外,"拙手笨脚"的钱锺书还精心伺候夫人月子。不但炖了鸡汤,还剥了碧绿的嫩蚕豆瓣,盛好了端给夫人喝。杨绛还写道:"钱家的人若知道他们的'大阿官'能这般伺候产妇,不知该多么惊奇。"可见钱锺书在家应当是不太做家务的,但婚后却积极主动承担很多家务。因为他明白,家,是需要两个人一起经营的。幸福的夫妻,不但要互相照顾,还要共同分担家务。对方为自己做的事,要心怀感恩,这样才会你对我好三分,我回报你四分。

第二,大志趣相同,并培养共同的小爱好。

"我们不论在多么艰苦的境地,从不停顿的是读书和工作,因为这也是我们的乐趣。"读书是杨绛和钱锺书共同的大志趣,也因此两个人在精神上是可以平等对话的。

在有共同的大志趣的前提下,两位还培养了很多共同的爱好。无论是在牛津的时候,还是回国后,杨绛总携钱锺书一同出门"探险",其实就是一块儿散步、瞎逛。因为钱锺书不爱运动,杨绛其实是想拉他多走走路。后来在她的带动下,钱锺书也爱上了"探险"。书中还有很多细节描写,比方详细地描写了动物园的小熊猫多可爱,如何给狮子喂食,还写到大象多么聪明。

这说明两人在共同的爱好上,消磨了很多时间,同时也得到了很多乐趣。而没有陪伴,谈何深爱?

第三,互相信任,彼此没有秘密。

钱锺书和杨绛其实有过很多次分离。有一段时间,钱锺书去蓝田师范学院做外文系主任,杨绛则留在上海带孩子同时还要教书。分居的时候,两个人是怎么进行情感交流的呢?写信是其一。其二,钱锺书记了很多日记。杨绛写道:"锺书和我不在一处生活的时候,给我写信很勤,还特地为我记下详细的日记,所以,他那边的事我大致都知道。"

特地为对方记下详细的日记,说明钱锺书是将自己全面敞开给杨绛看的,两个人是互相信任,没有任何秘密的。

第四，争吵时不妨各持异议。

整本书中，杨绛只写了一次他们夫妻之间的争吵。

"我和锺书在出国的轮船上曾吵过一架。原因只为一个法文'bon'的读音。我说他的口音带乡音。他不服，说了许多伤感情的话。我也尽力伤他。然后我请同船一位能说英语的法国夫人公断。她说我对、他错。我虽然赢了，却觉得无趣，很不开心。锺书输了，当然也不开心。常言：'小夫妻船头上相骂，船杪上讲和。'我们觉得吵架很无聊，争来争去，改变不了读音的定规。我们讲定，以后不妨各持异议，不必求同。但此后几年来，我们并没有各持异议。遇事两人一商量，就决定了，也不是全依他，也不是全依我。我们没有争吵的必要。"

遇事商量，而不是一言堂，意见不合，那么不妨求同存异，越厉害的人物越愿意承认人和事物的多样性。

第五，真正的尊重，不只是尊重对方的选择，还要尊重对方的生活习惯。

幸福的夫妇，不是没有矛盾，而是懂得聪明地解决矛盾。

有一次，钱父让钱锺书辞去清华的职务，去蓝田师范学院任英语系主任。钱锺书个人并不想去，但又不想违背父命，杨绛也认为不应当去。一贯不主张争执的杨绛觉得这次应当争执，最后她却是怎么做的呢？

"我想，一个人的出处去就，是一辈子的大事，当由自己抉择。我只能陈说我的道理，不该干预；尤其不该强他反抗父母。我记起我们夫妇早先制定的约，决计保留自己的见解，不勉强他。"

我们看到的是一位妻子对丈夫的尊重，大是大非上如此，生活习惯上亦然。

杨绛爱整洁，连搭毛巾都边对边、角对角，叠得齐齐整整，但钱锺书和女儿认为费事，总是随便一搭。"不过我们都很妥协，他们把毛巾随手一搭，我就重新搭搭整齐。我不严格要求，他们也不公然反抗。"

注意"妥协"这个词，有人说婚姻就是妥协的艺术，不要求对方成为另一个自己，这是家庭和睦相处的要诀之一。

很多夫妻之间的争吵，起因都是无法忍受对方的生活习惯。比方挤牙膏，有人从这头挤，有人从那头挤，大家都恨不得对方也像自己一样，完全不能容忍别人和自己不一样。这时候，真的应当学学钱、杨两位先生的相处模式。

第六，婚姻中每个人都不止扮演一个角色，而是一人演多角。

先看这段文字：

"我们仨，却不止三人。每个人摇身一变，可变成好几个人。例如阿瑗小时才五六岁的时候，我三姐就说：'你们一家呀，圆圆头最大，锺书最小。'我的姐姐妹妹都认为三姐说得对。阿瑗长大了，会照顾我，像姐姐；会陪我，像妹妹；会管我，像妈妈。阿瑗常说：'我和爸爸最"哥们"，我们是妈妈的两个顽童，爸爸还不配做我的哥哥，只配做弟弟。'我又变为最大的。锺书是我们的老师。我和阿瑗都是好学生，虽然近在咫尺，我们如有问题，问一声就能解决，可是我们决不打扰他，我们都勤查字典，到无法自己解决才发问。他可高大了。但是他穿衣吃饭，都需我们母女把他当孩子般照顾，他又很弱小。"

这段文字非常有趣，我们可以看到一家三口都扮演着多个角色，互相尊重，互相崇拜，又互相照料。

所以，钱锺书去外地教学的时候，和女儿说的是"你来照顾妈妈"。从小就给女儿灌输了照顾妈妈的概念，而钱瑗也的确做得很好，长大后非常会照顾人，这是从小养成的习惯。

在这个家庭，我看到的是独立的人格，是灵魂间的相互回应，是夫妻二人尽量挖掘对方身上的闪光点，以欣赏的目光望着对方，这样才能相扶相携一生。

幸福的夫妻不是没有争吵、没有矛盾，而是懂得爱不只是索取，更要付出，不但要互相宠爱，还要互相包容对方。

最最重要的一课则是尊重：我们爱一个人，不是因为他像我，而是因为他就是他。不懂这些道理，即使嫁给了钱锺书，你也不会幸福。

02

爱在一粥一饭间

1

经典韩剧《请回答1988》里印象最深的是,善宇的妈妈非常不擅长煮饭,体贴的善宇并不愿意戳破妈妈是厨房白痴的事实,进家门前还把妈妈煎的香肠全部吃光光,并且一脸幸福的模样。

那一刻,我心里弥漫着淡淡的感动,同时又有些心疼善宇。如果妈妈很会煮饭,他的幸福指数会提升很多吧?

闺蜜看过这部剧后曾和我吐槽,她妈妈的厨艺也非常不好,妈妈做饭时总喜欢发挥超乎寻常的想象力。最夸张的一次,竟包了鹌鹑蛋皮馅的饺子,美其名曰"可以补钙"。

"总之,她就是传说中的黑暗料理女王。"闺蜜撇撇嘴,"关键是,我妈还很玻璃心,如果我稍稍批评一下她做的菜不好吃,她就紧锁眉头,说爸爸经常出差,她一个人又要上班又要照顾我,我能吃上热乎乎的饭菜已经很了不起了。"闺蜜苦笑一下,继续说道:"因此我小的时候,特别羡慕我们班周红梅,因为她妈妈做的饭超级好吃,不但好吃,还好看,简直是色香味俱全。偶尔我会想,如果我的妈妈做饭也像周阿姨做得那么好吃,我肯定会更爱她的。所以后来我才报了厨艺班,因为我想让我的家人和小孩儿经常感觉到幸福。"

闺蜜的这番话深深地触动了我。作为一个厨艺不怎么精进的妈妈,我从来没有想过,一个不太会做饭的妈妈,会给孩子留下这么严重的心理阴影。更没想过,孩子对妈妈能做一手好菜,会有那么强的执念。

2

一个同事的妈妈非常擅长烹饪,我曾特意问过她,妈妈很会做饭是怎样一种体验?她嘿嘿一笑说,首先到了饭点儿,肯定会准时回家,而且总是会对妈妈做的饭菜充满了期待,尤其是端午、中秋、春节这种节日,妈妈总能变出一大桌子美味,想一想都会流口水。

"记得有一次妈妈做了一条松鼠鱼,我、我妈、我爸把它吃了个一干二净。那是个午后,阳光从窗外射进来,照到餐桌上。吃完饭后,我们一家人都懒洋洋地坐在桌前,谁也没动,也没说话,就看着光柱里的灰尘在桌子上方欢乐地飞腾,我们三个都捧着肚子,静静地发呆。现在想来,应当是在仔细体味幸福的滋味吧。"

同事描述的这个场景,让我领悟到日常中极致的幸福感:一条可口的松鼠鱼,让一家人心底全都流淌着淡淡的幸福,这种感觉真的很美好。

我也有过类似的体验。小时候嘴馋,对一年一度的端午节总是充满期待。农历五月初四的晚上,妈妈会煮粽子。印象中粽子总要煮好几个小时才会煮熟,我每次都会硬撑到半夜,就是为了吃一口刚出锅的、热腾腾的、蘸了白糖的粽子。那种甜真的是绕舌三日。难怪有人说,通往一个人心灵的最佳捷径是肠胃。

3

吃饭,对一家人来说应当是顶顶重要的一件事。俗说话,开门七件事,柴、米、油、盐、酱、醋、茶,这七样都和吃有关。我们不但要吃,还要一日三餐,有时还要加个下午茶,甚至夜宵。可见我们在吃上面真是花费了不少时间,而认认真真地做饭则会花费更多的时间。

我婆婆特别喜欢包饺子、包子。偶尔会问我们想不想吃她包的饺子,我和老公就会回她,算了,太麻烦。因为要择菜、拌馅、和面、擀皮,还要包起来!单是听一听,就觉得好花费时间。我婆婆经常说的一句话是:只要你们爱吃,我不怕麻烦。这样的回答总是给我带来小小的感动。

要想把饭菜做得美味可口,一定不能怕花费时间。有一次婆婆做鱼汤,小火慢炖,炖了七个小时,那汤喝到嘴里,幸福得像是连灵魂都漂浮到了云端。其实,有人肯为你花七个小时煲一例汤,单是想一想,就会觉得幸福满满吧?

遗憾的是,很多人尤其是年轻人,因为觉得做饭麻烦,喜欢去外边吃或叫外卖,家里经常冷锅冰灶的。有个朋友就常年是这种情况,她老公经常加班,她的早饭和午饭一般在外边解决,晚饭要么不吃,要么随便凑合着吃一点儿。

她说有一天猛然发现家里有三个多月没有开火了。有一次,中午回家,正是做饭的时候,走在楼道里,闻到各家做饭的菜香,突然发现人家那才是过日子,而她和她老公的日子过得一点儿也不热乎。突然就非常心灰意冷,感觉自己的幸福指数非常低。

4

张嘉佳说,美食和风景,可以抵抗全世界所有的悲伤和迷惘。这话至少有一半深得我心。我心情不好的时候,就特别爱吃东西。一顿美食下肚,再悲伤的事情好像都可以暂时放一放、缓一缓。吃完东西,心里也有底了,会觉得可以从头再来,继续奋战。

记得有一年冬天下了大雪,下班回家的路上,足足堵了两个小时,好不容易到家，又不小心滑了一跤，那一刻简直对人生充满了绝望。

回到家发现餐桌上有个砂锅，里边是热乎乎的羊肉汤，一口入喉，坏心情马上消失不见了。美食就是有着这种超乎寻常的治愈力量。如果每次回到家，都有一桌美味而热腾腾的饭菜等着你，幸福指数简直可以爆表。

当然，不能说厨艺不佳的父母就是不合格的父母。

回头继续说闺蜜那位黑暗料理女王妈妈，她妈妈已经去世两年多了。她说如果还有机会吃到妈妈做的饭菜，她会毫不犹豫地吃完，然后大声对她说："妈妈，再来一碗。"

我说："不是吧？不是妈妈做的饭菜很不好吃吗？"

她摇摇头说："你知道吗，虽然我妈做的饭菜口感一般，但她做的饭菜却是最安全的，因为绝对不会出现与芒果沾边的任何东西。只有她知道，我芒果过敏后会浑身痒得难受，所以她会认真地审查每样食材。"

那一刻，我在闺蜜眼中看到了点点泪花。她说，即使难吃，可那毕竟还是妈妈做的饭菜，那是妈妈的味道，单是想一想，就觉得暖心。

黑暗料理里，其实也会藏着满满的爱。只要有心，你总能在一粥一饭间找到爱。

03
聪明的姑娘，
都很会嫁人

1

我曾经给一个女孩介绍过男朋友。因为男孩儿是我老公的哥们儿，我非常了解，所以给这姑娘介绍情况时，我说得非常详细，包括他是哪所大学毕业的，从事什么工作，性格怎么样，爱好如何，甚至连他信不信中医、吃不吃转基因食品、关注了哪些微信公号都说了，因为我相信三观一致的人在一起才会幸福。

我说完后，这姑娘说："清浅姐，讲了半天，你怎么没说到重点？"

我有点儿意外，我一直在说"重点"啊，于是问她："什么重点没说到？"

她说："硬件！家里有车有房吗？年薪多少，父母有退休金吗，有医疗保险吗？"

我听后略觉得匪夷所思，在这个姑娘眼中，这些"身外之物"才是重点？我理解的"重点"是人品、性格之类的自身条件。

诚然，结婚不能不考虑一个人的收入、家境等经济指数，甚至从长远来看，考虑对方的父母有无医疗保险也算心思缜密无可厚非，但是把这些当成"重点"来考量，我觉得是本末倒置。

前段时间大火的韩剧《鬼怪》也有类似的桥段，武将金信送要出嫁的妹妹金善进宫，路上妹妹问哥哥，君王长得帅不帅？金信回答：相比于一个人的外貌，你难道不应当更关心他的品德吗？

我听后心中一震，在很久很久之前，在那个崇尚礼、义、信的时代，无论交友还是结亲，我们都把一个人的品德，即是否是君子放在首位来考量，其他倒在其次。

事实证明，金信的担忧不无道理，金善最终惨死，就是因为君王王黎的品德不太好。王黎听信佞臣逸言，认为金信要谋反，不但诛杀了金信全家，还放任王后金善在御阶前被弓箭手射死。

为什么有的人婚后依然甜甜蜜蜜，有的人却把日子过得鸡飞狗跳？极有可能后者一开始关注的重点就是错误的，误以为车房、收入甚至权势之类的外在条件与幸福指数密不可分，从而忽略了对人品的考量，所以想要夫妻恩爱、举案齐眉才会那么困难。

2

今年春节,有人给堂妹介绍对象,叔叔婶婶先打听的是人品怎么样。言外之意,只要人品好,哪怕家里条件差一些也没关系。

不是叔叔家有钱不在乎对方的家境,而是他们相信一个人的人品才是最重要的。人只要勤劳肯干,就算不会大富大贵,安贫乐道、相敬如宾也未尝不是一种幸福,但人品不好却是一辈子的硬伤,即便锦衣玉食也可能苦不堪言。

前几年,老家就发生过这样的事情。邻居家一个姐姐长得特别美,性格也极好,到了结婚的年龄,提亲的人踏破了门槛,其中也包括副镇长的公子。

邻居最后选了副镇长的公子做女婿。副镇长的公子曾和我们读同一所中学,高我们两届,出了名的顽劣不堪,还有打群架把人家一只眼睛打伤的"英雄事迹"。当时亲朋都觉得他太"匪",劝邻居一定要三思。

邻居不但完全听不进去,还觉得那不过是小孩子调皮,最终这个姐姐还是嫁到了副镇长家。全镇有头有脸的人都前去祝贺,婚礼非常风光,在我们那里也算是嫁入豪门了。

结果,这个姐姐婚后过得并不幸福。副镇长的公子并没有因为长大而品性变好,不但脾气暴躁,还嗜赌成性,最让那个姐姐无法接受的是他非常不明事理。大年初二,我们老家的规矩是姑娘、女婿要回娘家给父母拜年,副镇长家公子却一大早开着车和哥们上县城打桌球去了,问他几点回来,他说回娘家么,你一个人去不就得了。这个姐姐知道父母准备了饭菜在等他们回家,且不说过年给双方老人拜年是最起码的礼节,她一个人回去,没准还以为他们两口子吵架闹别扭了呢。邻家姐姐委屈莫名,再打电话,干脆关机了,一直到夜里两点副镇长家公子才喝得醉醺醺回家。大过年的,邻家姐姐也不敢回家,一个人闷在房子里偷偷哭,真是让人看着好心疼。

我觉得这个婚姻一开始就错了,如果副镇长的公子人品极好,那么家境好是锦上添花,可是明知道他劣迹斑斑却视而不见,还骗自己是小孩子不懂事,这不是把女儿往火坑里推吗?人品不好,他纵有千万财产,又能如何?

3

拥有什么样的婚姻,其实在你决定结婚的刹那就注定了。因为结婚的对象决定了百分之七十的婚姻质量。

诚然,婚后需要经营,也需要智慧,但如果结婚对象人品有问题,你再怎么经营,再怎么有智慧,哪怕用尽全力,恐怕也很难幸福起来。因为一个有独立人格的成年人,脾气、性格、三观都是很难改变的。

以《半生缘》里顾曼璐和祝鸿才的婚姻为例,祝鸿才就是个人品很不好的人。当初死乞白赖求曼璐嫁他,一旦发达,却再也瞧不上曼璐,觉得她是个"烂污货",还终日在外拈花惹草,曼璐重病也不闻不理,最可恨的是还觊觎曼璐的妹妹曼桢。姐姐去世后,曼桢明知祝鸿才人品不好,为了孩子还是委曲求全嫁给了他。事实证明,也只是步了姐姐不幸的后尘。但曼桢是个有决断力的女人,发现所托非人后,果断离婚,及时"止损",终于过上了自己想要的平静生活。

《半生缘》里还有一对让人印象深刻的夫妇,那就是叔惠的父母。叔惠的父亲裕舫虽然不善于巴结应酬,一辈子只是个小科员,但他善良、豁达、爱老婆、疼孩子,所以这一家子一直过得其乐融融,让人艳羡。

网络上不时会冒出一些观点,类似于"婚后怎么样,看他父亲怎么对他母亲就知道了""两个人合不合适吃顿饭就知道了""他爱不爱你,吵一次架就知道了"……这些其实都是在教女孩如何辨别人品。是的,嫁给什么样的人,一定程度上决定了你的婚姻质量。所以在结婚之前,擦亮双眼,找一个人品好的人才是聪明的做法。当然必须强调的是,女人婚后不能把责任全部怪到选择上来,积极乐观的心态和善于经营也很重要。

一生那么长,容颜会衰老,豪门可能会变赤贫,但一个人的品性,尤其是良好的品德,却不会轻易改变。品德好的人,即使不爱你了,就算要分开,也会念及一日夫妻百日恩,不会对曾经深爱的人下狠手。

所以,聪明的姑娘都很会嫁人,她们都会选择嫁那个品德好的人。

04

不较劲，
是婚姻里的顶级智慧

1

珊珊在结婚前一直以为，我和老秦总吵架是因为我们不够相爱。

珊珊感觉小邢爱她就比老秦爱我爱得深。的确，小邢是个心思细腻的男性。珊珊大姨妈来了，他会细心地帮她煮好红糖水，准备好暖水袋，还主动揽下洗衣服的活儿，总之非常体贴。然而，结婚没多久，他们就因为一件小事闹得不可开交。

婚后两人分工明确，一个洗碗，一个做饭。那天晚上，珊珊冲完麦片后忘记把装麦片的袋子的开口夹上。小邢第二天早上发现后责怪珊珊，珊珊却不以为然，不就忘了夹夹子吗，至于这么大惊小怪吗？

小邢出门后，珊珊一低头就发现洗碗池里还泡着昨天的碗，突然也来气了:我没夹夹子,你还把碗泡了一夜呢。怎么光盯着我的错误,对自己的错误却视而不见?

真的是鸡毛蒜皮的小事——夹子没夹,夹上就是;碗忘了洗,洗了就是。

但珊珊偏较上了劲:你不帮我夹袋子,我凭什么帮你洗碗?于是小邢下班回家后,那两只碗还在洗碗池等着他。本来小邢都忘了珊珊没夹夹子的事,珊珊这一闹,又想起来了。

于是两个人便接着早上那茬吵起来了。一个说,我不洗碗不会有不良后果,你不夹袋子小虫子可能就会爬进去。一个说,碗泡一天一夜都臭了,还怎么用?另一个说,食物不密封,还怎么吃……这一吵,两个人连晚饭都没吃,还气呼呼地分了居。

众人听了可能会莞尔一笑,这才多大件事儿?两位当事人却都非常生气,尤其是珊珊,硬生生气得睡不着觉。

珊珊事后和我说:"我也知道这件事说起来挺鸡毛蒜皮的,但我就是停不下来,一定要吵。清浅姐,难道婚姻真的是爱情的坟墓吗?"

到底是怎么回事呢?其实珊珊自己已经发现了问题所在。她和小邢都只盯着对方的缺点不放,一旦抓住对方的小辫子便使劲拽,日子能和睦才怪。

人无完人,加上我们大多数人又都是聚懒、馋、贪图安逸于一身的普通人,所以无条件付出的热恋期后,难免会计较得失,比如你家务做得少我做得多。如果再较上了劲儿,那么日子就难免过得鸡飞狗跳。

2

婚姻中顶级的智慧是什么？

作为一个结婚七年吵架已有1081次的人，我其实是有一点心得的，那就是不较劲。因为我也是从爱较劲到不较劲走过来的。

我是结婚后才发现老秦超级懒的。在他眼中，从来发现不了家务活！什么地脏了、灯坏了、下水道堵了，他从来都视而不见。最夸张的是，你如果不提醒他，他会经常不洗袜子，为此我们争吵过好多次。

最郁闷的一次，我早上起床，发现洗手台上放着个洗脚盆，盆里则泡着他的臭袜子。估计是老秦洗完脚就扔那儿忘了洗，而此时他已经出门了。我真的很生气，马上打电话给老秦，问他在哪儿。他说刚走出小区门口。我难以咽下心口的恶气，非常严肃地说："你回来一下，有急事。"

老秦问什么事，我说："你回来就知道了。"

老秦于是回来了，我指着洗脚盆里的臭袜子说："麻烦你把袜子洗一下，再把洗脚盆洗干净，收起来。"

老秦马上给我甩了个臭脸："我觉得你有点儿过了啊。我今天有会，本就晚了，你急慌慌让我回来，还以为是什么重要事儿，没想到就因为一双袜子没洗。"

那时年轻，当然不会觉得自己过。我过？拜托，你这么大个人，难不成我要替你洗袜子吗？我不但不会洗，他中午后打电话过来还会掐掉。较劲呗！两口子真要较起劲来，就看谁心硬了。我反正心不软。

有一对朋友更有意思，发现老公犯了错误会拍照，立此存证。有一次她在卫生间发现了烟头，于是猜测老公偷偷在卫生间吸烟了。她不但马上拍照，还把烟头当证据用袋子装了起来，搞得跟私家侦探似的，真是让人哭笑不得。

非要经过几年的打磨才会明白，就是因为总对这种小事斤斤计较，得理不饶人，才降低了你们的幸福指数，把好好的日子给过得糟心了。

婚姻中的顶级智慧，说得通俗一些，是睁一只眼闭一只眼；说得文雅些，就是严于律己，宽以待人。如果对对方的丁点错误紧抓不放，甚至上纲上线，每天在算计你拖了地，他没洗碗，那么这就不是过日子了，而是在拔河。

3

婚姻不易，且行且珍惜。夫妻之间过于计较，甚至较上了劲儿，日子很容易剑拔弩张。

不较劲的婚姻，首先要想明白，你在这场婚姻里，是想赢呢，还是想要幸福呢。如果想明白这一点儿，很多事情就很容易解决了。

不较劲的婚姻，偶尔需要对对方犯下的小错误视而不见。

不较劲的婚姻，允许对方偷个懒，毕竟谁也不是永动机。

不较劲的婚姻，在发现两个人都犯轴的时候，要勇于对自己喊

"cut"。

不劲较的婚姻,在偏离初衷的时候,要勇敢地回头,修正自己的方向。

黄磊在《像我太太这样的女人》中写道,我们为对方改变了许多的习惯,也建立了许多的习惯,其中最大的习惯就是——我们已经习惯了对方。

是的,多为对方改变,而不是要求对方改变。如果能达成共识,一起建立共同的习惯更佳。

不止婚姻里不能太较劲,为人处事也是。水至清则无鱼,人至察则无徒。一个人如果过于喜欢较劲,偏要和对方对着干,或者故意揪着对方小辫子不放,难受的不只是别人,还有自己。

婚姻就是两个人一块儿搭伙过日子。齐心协力,把日子过好才是婚姻的宗旨。过于计较,甚至较劲,很容易让你的婚姻合伙人逃跑。

05

婚后最甜蜜的情话是，
我帮你

1

好友阿敏最近辞职了。我听说后颇感意外，我知道她很喜欢自己的工作，在公司也能够独当一面，为什么突然辞职了？

"我撑不下去了。"阿敏嘴巴一撇，无限委屈地说。

阿敏在女儿半岁时重返职场，因为婆婆在外地，同个城市的妈妈白天便帮忙照顾小孩儿。妈妈患有肩周炎，不能过度劳累，老公又经常出差，下班后照顾宝宝的重任就落在了阿敏身上：给女儿喂饭、洗澡、讲睡前故事，晚上还要陪女儿睡。

前段时间老公又出差了，恰逢阿敏感冒了，怕传染给女儿，阿敏便把女儿放在大卧室，自己则独自去小卧室睡。因为女儿以前有过坠床的经历，阿敏不放心，夜里便多次起床看女儿。生病加上严重缺乏睡眠，阿敏又累又困，后半夜便一觉睡到了天亮，起床时竟发现女儿裹着个小被子睡在地上。估计是裹着被子，床又低，小家伙并未察觉，所以在地上睡了大半夜。

阿敏狠狠捶了自己两下，心疼得落了泪，后来便把这一切告诉了老公。老公知道阿敏很辛苦，但自己经常出差的状况一时半会儿又无法改变，双方的老人又不给力，于是建议阿敏辞职。

"职场妈妈真的太难了，白天工作、晚上带娃，如果老公再帮不上忙，那真是只有超人才能胜任。"

阿敏说完后，我不由地叹了口气，因为我知道很多职场妈妈都是这么过来的。一个姐妹曾经告诉我，结婚后最喜欢听的话是有人对她说："你休息一会儿吧，我来看会儿孩子。"

的确，婚后最幸福的生活是有人心甘情愿帮你带娃。作为一个五岁的孩子妈，对此我深有感触。

2

虽然有婆婆给我们帮忙，但和阿敏家的情况差不多，下班后和周末婆婆都有自己的生活。所以，我曾经也是白天上班、晚上照顾孩子的职场妈妈。曾和另一位职场妈妈聊天，她开玩笑说："有时候真不爱下班，因为下班后比上班还累,上班对咱们来说就是休息。"虽是玩笑话,职场妈妈的辛苦却可见一斑。

作为妈妈,我最轻松的时刻就是小朋友刚入睡的时候。如果偶尔有一天他白天折腾得太累,不到九点就睡了,那简直就像中了彩票,心情那叫一个倍儿爽。这时我通常会跑步半个小时,洗洗孩子的脏衣服,再做做家务,做这些事情时我始终都是哼着歌的,因为真的很放松。

但这种早睡的美妙时光非常少,精力无限、古灵精怪的小家伙动不动十一点多了还精神抖擞,而且不停地叫着"妈妈",让陪他做这做那。大多时候我很有耐心,但偶尔也会感觉疲于应对。这时候我通常就会说话的分贝不自觉地提高了很多。如果此刻,我老公在旁边说一句:宝贝,过来,爸爸给你讲个故事。我就会非常感激我的老公,就会觉得我的老公怎么这么帅、这么温柔、这么体贴呢?

如果周末老公主动提出带孩子去游乐场玩,我会觉得他比侯亮平还正义,比赵东来还爷们儿。尽管他们一会儿就回来了,尽管我还是要做饭做家务,但我的心情依然会美丽又亢奋,因为我终于可以得到片刻的"独处时光"了。

有了小朋友之后,我简直忘了什么叫"独处"。而老公这种刻意的成全,对我而言,是一种巨大的体贴,我会照单全收,并且感恩知足。第二天更是像小宇宙爆发了一般,精神满满地去工作。

而如果老公不给力,或者因为工作忙等原因帮不上忙,则完全是另一种情景。小区一个妈妈党的老公在西安上班,又是单休,所以平时都是她带小朋友出去玩，尤其是周末，所以她的朋友圈里大多是她独自和孩子的合影。有次她开玩笑说："不知道的还以为我离婚了呢，但有什么办法，他平时都不回来。好不容易回来了，说一块儿出去玩吧，他又说累，还不如我一个人带娃去玩来得开心。"

生小孩儿后，如果没有老公的支持，我相信再能干的女人都会手足无措甚至抓狂，进而产生"怨妇"情绪。的确，孩子又不是咱一个人的，凭什么总让女人一个人带，难怪越来越多的女人呼唤老公们"搭把手"。

3

不得不承认，天然的脐带联系以及细心、温柔的特质，让妈妈们比爸爸们更擅长照顾宝宝，也因此孩子通常和妈妈更亲密。但是，这并不意味着爸爸可以甩手不管，甚至觉得带娃是女人的事儿。我们要明白，养育孩子并不是妈妈一个人的事，而是父母两个人共同的责任。

婚后最让人羡慕的，不是家里有没有宝马和几套房，而是有一个愿意和你分担，甚至关键时候会帮你的老公。

夫妇两个心往一块儿想，劲儿往一块儿使，一起照顾孩子——你给孩子讲故事，我给孩子洗脚；你给孩子洗衣服，我来拖地洗碗。这才是最让人羡慕的状态。

是的，婚后千般好，不如婚后一句"我帮你"。

有了小孩儿后，女人们最爱听的甜言蜜语是这样的：

"你去休息会儿，我陪他玩。"

"你再睡会儿，我去做早餐。"

"周末，你去和朋友聚聚，我带孩子。"

在我看来，婚后这些贴心的话比任何情话都动听，简直像玫瑰一样散发着芬芳。

能听到这些"情话"的女人是幸福的。说到底，就是丈夫不要把妻子当超人，不要把所有的事情都丢给妻子。家是两个人的，家务需要两个人一起分担，宝宝需要两个人一起养育。同心协力，共同经营，婚姻才会幸福。

06

情人节不送礼物的老公，都是耍流氓

1

有个姑娘问我："你知道二月份男生做出什么举动最勇敢吗？"我摇头，她咬牙切齿道："那就是不给女朋友准备礼物！"然后她继续说，和男友在一起快一年了，情人节、520、七夕、生日、圣诞、新年，男朋友均无任何表示。

她每次看到别的女生收礼物都会很羡慕，尤其是在众人艳羡的目光中在办公室签收的那种场景。她很困惑自己男友到底是不浪漫、抠还是没有"仪式感"，抑或干脆不够爱自己呢？

"一进入二月我就有明确告诉他，如果近期再没有任何惊喜的话，我就去相亲了。"

原来不给女朋友送礼物的后果竟然这么严重。

必须承认的是，不管结没结婚，很多女生对礼物都有点小期待。遗憾的是，很多男人要么不会送礼物，要么压根不送，大力就属于前者。

说到大力苦追自己的经历，桔子总是一脸嘚瑟。桔子和大力是初中同学，大力第一次给她写情书，是读高一的时候。那时桔子是个乖乖女，收到情书的瞬间，桔子想都没想就把它交给了老师；然后大力被老师叫去办公室批评教育，还被通知叫家长来学校。

桔子没想到遭受这般打击的大力竟然和她报考了同一所大学。再坚硬的冰山，只要有太阳它就能融化。桔子被大力的真诚所感动，他们在一起后也一直非常甜蜜。桔子对大力非常体贴温柔，而大力对桔子也一样。

然而再完美的爱情也有瑕疵，大力每次送她的礼物都有些"诡异"。大二那年他们刚在一起，大力送了她一只大毛毛熊。多大呢？这么说吧，毛毛熊站起来比她还要高，放床上的话，她就只能睡地上了……去年送的是一幅拼图，据说拼好后会发现是一颗爱心缺了一角，寓意为"你是我不可缺少的一部分"，但是桔子最不擅长的就是拼图……

我于是问桔子，大力为什么每次送这种"只有惊没有喜"的礼物？有没有可能你以前表示过喜欢"别致"些的礼物，抑或当他问你想要什么时，你故意让他猜来猜去？

桔子撇撇嘴说："我是有告诉他我喜欢别致一点儿的礼物，并且平时也给过他很多小暗示，但他好像总get不到我的点儿，我甚至有点怀疑他是否真的了解我。"

男女之间送礼物，的确很让人头疼。

美国卡耐基梅隆大学和印第安纳大学曾经做过一次调查。他们发现，送礼物这件事总是备受吐槽，是因为送礼物的人和收礼物的人关注的点不一样。送礼物的人更多地关注礼物送出的那一瞬间，而收礼物的人则关注礼物的实用性和长期价值。他们还给出一个糟糕礼物的排列榜单，无用摆件、超大玩偶、侮辱审美系列等都榜上有名。遗憾的是，总是有人踩雷而上。

2

既然送礼物是这么令人头疼的事，那么为什么不直接问对方要愿望清单呢？

惊喜啊，亲。

人生就像一盒巧克力，你永远不知道下一个吃到的是什么味道。如果老老实实问对方要，虽然不会出差错，但因为已经知道会吃到什么味道的巧克力，所以这个过程就太平淡无奇了，和自己买给自己有什么区别吗？

再者，有时候对方很有可能自己都不知道想要什么，但是他们绝对知道自己不想要什么。很多女生表示，她们喜欢花了心思即走心的礼物，而有没有走心，真的是一望即知。有的男生送的礼物就像是在路边偶遇的，随随便便就买了下来，至于对方想不想要、合不合心意，他才不管。

那么，什么样的礼物会让女生倍感惊喜呢？

A女生说，她和男友谈的是异地恋，她在南方，男友在北方，她从来没见过雪，特别想亲自去看一看。初雪那天，男友在操场用脚步踩出了她的名字，还画了一颗爱心，她在朋友圈里看到那条@她的信息时简直惊喜莫名。

B女生说，她喜爱的一条手链丢了，手链是本命年时妈妈买给她的，她非常爱惜，不小心丢失后十分痛心。细心的男友在网上进行了各种搜索，最终淘到了同款的手链送给她，她感动得瞬间落泪。

C女生收到的最惊喜的礼物，不是礼物本身，而是送礼物的方式。她说有一天男友发来一条短信，告诉她那是学校超市一个储物柜的密码，输入密码后就可以打开柜子取走礼物。她于是开心地跑去超市，找到那组密码对应的柜子，发现里边有盒巧克力。虽然礼物并不新颖，但那天是情人节，这种送礼物的方式让她感到非常别致，所以记忆犹新。

由此可见，礼物不一定是物质的，也不需要特别昂贵，关键是一定要走心。那些花了心思送出去的礼物，即使可能对方不是非常需要，但也会让对方看到你满满的诚意。

3

我唯一的男哥们赵子，非常巧，他老婆也是我朋友。这厮其实是个直男癌晚期，并不擅长讨好老婆，但他送礼物从没出过差错，每次都让老婆惊喜莫名。

有一次他送了老婆一盆小薄荷。因为两个人说情话时，老婆说过喜欢他身上的"薄荷清香"。最让老婆惊讶的是，那盆薄荷长的形状看上去竟然是她的名字。赵子说种薄荷时他先用纸把老婆的名字镂空剪出来，然后平铺在泥土上，只在镂空的地方撒种子，之后他用心培育了一个多月。老婆的惊喜可想而知。

他送礼物有三条黄金法则：第一，走心，这是最关键的；第二，要有一定的品位；第三，如果这份礼物显得独一无二就更棒了。

遗憾的是，像赵子这种懂女人的心思、会送礼物的男生实在太少了。

现代社会，越来越多的人认同生活要有"仪式感"。像情人节这样重要的日子，彼此准备礼物，给对方一份惊喜，既促进了消费，又增进了感情，何乐而不为？

千万不要说节日不过是种形式。有时他不是讨厌形式，而是懒得付出，连情人节都抠抠唆唆的老公，你觉得平时会对你好一点儿吗？

07

爱不是无限宠溺，
而是争吵那么多次你们依然在一起

1

早上看了一篇文章，说一个女孩儿遇到了一个很爱很爱她的男人，怎么爱呢，其中有这么一段：

"我在生理期时会非常不安稳，总是痛得昏天暗地。Y先生会查遍所有关于生理期疼痛的资料，给我按摩，煮红糖水，做饭洗衣全包，不让我碰冷水，也不许我吃任何对生理期不好的东西。我工作上遇到问题，Y先生会先放下自己的事情，耐心聆听，一一帮我解决问题。我有许多小情绪，Y先生总是第一眼就能看得出，给我饰演各种好笑的角色，带我去吃我想吃爱吃的东西。"

真的很美好，对吧？这样的暖男，简直就是韩剧里无条件陪跑的男二号。要多幸运，现实生活中才会遇到这样一位，然后把他变成自己的老公呢？

我向来是相信爱情的，哪怕自己早已被婚姻打磨成了一个标准的甚至有点恶毒的怨妇，但我也总相信"别人家老公"是很好很好的，"别人家媳妇"是比我幸福的。

但是现在，我越来越相信，这种美好得像童话的爱情并不具备普遍性。不是我吃不到葡萄说葡萄酸，而是让一个男人持久如一日地包容你的迷糊、你的路痴、懒散，甚至每次记得你的生理期，这真的太难为他们了，这和人类的本性有着深刻的矛盾之处。

现实生活中的很多男人，完全不知道女人生理期何时来何时走，更不要说按摩和煮红糖水。他知道的方式不是通过因为看到你疼得无精打采，而是他想和你"亲密接触"，你却说"别闹，我大姨妈来了"。他就"噢"一声，算是知道了，然后再无二话。过分点儿的还会觉得扫兴，更有甚者会提这样的要求，那可不可以用……代替？！呃，禽兽不在我们讨论之列，就此打住。

我对男人最开始的坏印象，源于一个女孩儿跟我吐槽她老公。她说有一次她在家做饭，老公边看球边喝啤酒，她将糖醋排骨端上桌后又去做汤，等她盛了两碗汤端到餐桌时，糖醋排骨已经被她老公吃完了，一块儿也没给她剩。

嘤嘤，我惊呆！

我那时年轻、傻，马上问她当时是什么反应。其实我更想问的是，她为什么不和他分手，就算不分手，也得揍丫的一顿。

她说感到很受伤，和他大闹了一场。他解释自己看球看得太投入了，完全没注意到老婆大人还没上桌。

当时我觉得这男的好渣，现在我见得多了。这还不能算渣男，真正的渣男应当是解释都懒得解释，你生气归你生气，我已经吃完了，你想怎么着吧？难不成让我给你吐出来？

你以为真没这样的男人吗？人艰不拆。

2

从前年轻，看过几本爱情小说和几部爱情电影，就觉得爱情应当是那样的——他必须无条件地爱我，甚至不惜用自己的生命换回我的生命。像《秘密花园》中金社长对吉罗琳那样，牺牲自己，保全恋人。《河东狮吼》里的柳月娥那段话，曾经被我奉为圭臬，没错，就是烂大街的那段：

从现在开始，你只许对我一个人好；

要宠我，不能骗我；

答应我的每一件事情，你都要做到；

对我讲的每一句话都要是真心。

不许骗我、骂我，要关心我；

别人欺负我时，你要在第一时间出来帮我；

我开心时，你要陪我开心；

我不开心时，你要哄我开心；

永远都要觉得我是最漂亮的；

梦里你也要见到我；

在你心里只有我……

那时候真的以为一个男人是可以这样爱一个女人的，哪怕我不美、我胖、我懒、我丢三落四、我不讲理，但是他都会无条件地爱我。

现在想想，他又不是你妈或你爸，凭啥这么要求他？不美、胖、懒、不讲理、迷糊、穷，他压根就不会爱上你好吗？更不要说爱得死去活来，他是智障，还是从没见过女人？

帮又二又笨的灰姑娘承包鱼塘的故事，很难找到现实版本的好吗？

而且，"我开心时，你要陪我开心；我不开心时，你要哄我开心……永远都要觉得我是最漂亮的"。这难道不是母亲对自己儿子或者女儿才会有的态度吗（通常是对儿子）？这不是恋人之爱，这是母子之爱，甚至连父爱都达不到这个程度吧？

所以，奢望一个男人像母亲爱孩子一样爱你，或者像南丁格尔爱病人一样爱你。你不觉得本身就是你弄混了爱的种类吗？

3

相反,现实生活中,我常见到的不是男人多宠女人,而是女人宠男人宠得没边儿没沿儿。

我认识的一位姑娘,每次去超市都会打电话问男朋友有没有想吃的,好给他买。她经常说的话是"我们那位想吃××了,所以就买了点儿"。

和我逛超市的态度简直一模一样,只不过我伺候的是我儿子。一般去超市前就会问我的张小又有没有想吃的东西,偶尔张小又还会主动告诉我想吃蛋挞或者腰果,晚上下班时我就贱兮兮给他买回去了,从来不会忘。

但是,像对儿子一样对男友,实在有点儿犯贱吧?他那么大的人了,是没长手,还是不会挣钱?想吃啥,自己去买。

不不,结了婚之后,当然也要恩爱有加,互相宠爱。但自己像个小女生一样拒绝长大,拒绝成熟,一味地要求对方无条件地爱你、无条件付出、无条件宠溺你也是不现实的,毕竟咱不是童话里的公主。

曾经做过一个小调查,据说婚后,尤其有了小孩后,男人的爱一般是这样表现的:你生病了,我可以暂时管管孩子,顺便还能照顾一下你;你不开心了,我问一句"怎么了",你不说就算了,你说了我就适当安慰几句;每个月给你钱花也没怨言,不嫌弃你毫无收入;不觉得养小孩儿是女人的事;很爽快地陪你回娘家;知道你不高兴他和"基友"们去玩,但也不撒谎骗你说他在加班;你说老娘不跟你过了,不是说"离就离,谁怕谁",而是很有担当地说"别闹了,咱好好过,行不"。

好好过,对于男人来说能做到这点这真的已经很好了。是的,爱情的样子不是你们携手走进了婚姻的殿(fen)堂(mu),而是你们争吵了好多年,就算偶尔会嫌弃彼此,你们依然不离不弃地在一起。

第四部

CHAPTER

愿你明媚阳光，
把黑暗的生活照亮

谈一场健康的、平等的、正常的恋爱吧！别那么『作』，适当撒娇可以，但是别太『作』，更别患上公主病。

01

我不是劝你单身，
我是劝你幸福

世界上有三件事不能劝：一是结婚，二是生娃，三是喝酒。

1

我姐告诉我，有个同事问 14 号能不能替她值班，我姐是个热心且善良的人，一口答应了。结果那个姑娘又补充道："姐姐，你真好，我就知道你会答应的，反正你明天也没什么事儿。"

我姐这才蓦地想起 14 号是情人节。But，啥叫她没什么事儿？因为她单身所以情人节没她什么事儿？她说当时马上就想反悔，告诉那姑娘，情人节我是没人约，但是我也不想帮你值班。但话才刚说完，我姐比较善良，又长那小姑娘几岁，所以她最终选择了沉默。

我姐今年三十五岁，是个美丽而温柔的姑娘，在帝都郊区的一个美甲店做店长，经济收入尚可，是有房一族，尽管房子在河北香河。在很多人眼中，她都是个出色的姑娘，但是在我姑、我叔、我婶、我妈等人眼中，我姐有个巨大的缺点，那就是单身。

因为单身，我姐受尽歧视。过年前，在我们家族的微信群里，我叔问我姐，你什么时候把自己嫁出去，别太挑了。那可是当着一大家子的面儿问她呢。

我叔还说，咱们这家你们这一辈儿（代）的，就剩你了吧？的确，我们这一辈儿的，除了我十四岁尚在读初中的小堂弟，其他全都已经结婚且有娃了。

我姐是个客气且有礼貌的人。她说，是是是，我已经在尽力了。我姐真的是很尽力了，比方有人给我姐介绍对象，她能见则见，从不推诿。

我姐不是主观上选择单身的，而是没有遇到她的缘分；其次，她是对婚姻有要求的人，那就是婚后一定要比单身时活得好，也就是说生活质量要有所提高，否则为什么要结婚？

讲真的，我觉得这样想没毛病。

2

但是我家的众亲眷并不把我姐的幸福放在首位，而是把她能嫁出去放在首位，甚至恨不得马上把我姐嫁出去。大年初四我赶上了一次相亲。在我们老家，相亲是很讲究的，首先要有媒人，其次男方和女方会各带一到两名亲朋，这就至少五个人。

相亲地点是我们家，我们家有五六口人陪同，所以那次相亲热闹非凡。

通常大人们坐下来闲聊一通后，就会借故出去了，让男女主角单独相处，简单聊聊。如果双方有意，就去县城或附近风景优美的小山坡儿转转。这一次也不例外，我姐和男方聊了几句后，我姑就问我姐："你觉得怎么样？要不出去转转？"

我姐说："反正我们都在北京，先在微信上了解一下彼此再说吧。"

可是我姑急了，像非要敲定什么似的，好像特指望我姐当场点点头，说一句"就他了"，还说"你连转都不去转，这么不积极，自己的事情都不上心，你你你……"

我真心不觉得我姑有什么好着急的，虽然我姐三十五岁了，可是她把生活打点得特别好，想去哪儿玩，只要工作允许说走就能走了。这么自由自在的生活，为什么要结婚呢？就因为大家都结婚？

我还有一位女性朋友，三十七岁，也是单身。她是个特别聪明的姑娘，经济独立，有车有房。那天她悄悄告诉我，她现在感觉结不结婚无所谓，因为一个人也挺好的，但是她想要个孩子。她说 37 岁了，她有点儿担心某天想结婚了器官老化生不了，她甚至想去冷冻卵子。

我听后，竟然一点儿也不觉得意外。我不是反婚主义者，但几年的婚姻生活告诉我，婚姻里，被拖累的通常是女方。上班、做家务、照顾一家子吃喝拉撒且不说，有的还要受公婆的气。

女人要想婚姻幸福或者从婚姻中获利，要么特别能忍，要么心极大，再来要么就非常聪明，也就是传说中的情商极高。当然，如果遇到一个像宠女儿一样宠你的老公，日子也会好过一些。否则，婚后吵架会成为生活的常态，哪怕你们是因为爱情才走进婚姻的。

这两天我又在和老秦闹别扭了，因为周五半夜他喝得醉醺醺地回来，理由是他去会"基友"了。但他并没有打电话告诉我会很晚才回来，只是告诉我要去老X家坐坐。那天我非常困，十一点不到就睡了。凌晨三点醒来发现老秦还没回来，而我的手机安安静静，没有一个来电。我于是就想，如果是我，这么晚不回来会不会提前告诉他？他不但没告诉我，如果我打给他没准还会觉得我烦（那是一定的）。可是凌晨三点还不回来，真的不用和家人说一声吗？

他一进屋我就闻到刺鼻的酒味儿。我觉得酒可以喝，但是喝到醉了且弄得满屋子都是酒味儿甚至吐一地影响到别人就不对了。大冬天的，我又不能开窗通风，那个瞬间心头真的奔腾着一万匹马啊！

你生病吐一地，我帮你收拾，因为我是你老婆，我爱你。可你因为没酒量又不自律而喝醉了吐一地，我帮你收拾，我是不是太贱了点儿？

关于喝酒这件事，我和他沟通过无数次，也吵过无数次。但是他还是会喝得醉醺醺回家，对此我就感到非常绝望。每当这时，我就非常理解我姐的想法：当一个人的幸福指数比两个人的高时，为什么要结婚？

3

世界上有三件事不能劝，一是结婚，二是生娃，三是喝酒。世上不能劝的这三件事，听上去都热热闹闹，怪喜庆的，可是热闹喜庆之后，劝的人一甩手走了，有些罪还得被劝的人来受。

我姐那天曾和我吐露心事，她说特担心自己应付不来复杂的婚姻关系，很担心自己无法处理好夫妻关系、婆媳关系。一个人单身久了，就不愿意处理这些杂七杂八的事儿，感觉不够自由。

她说她有个姐妹，年年都为过年去谁家而吵架。我姐觉得，结了婚还要为这种事吵来吵去，还不如不结，各回各的多好。

前段时间甘北同学出了一篇爆文，叫《女人都不想结婚了，男人还想找保姆》。我觉得这篇文章说出了很多女人的心声，也切中了这个社会的弊端——女人极少在婚姻中获利反而被要求过多付出。也是，我一个人舒舒服服的，为什么要嫁到你家去受罪？你爸妈要是拿我当闺女疼还行，偏偏不是，而且还总希望我懂事点儿，多干点儿活，我图啥？

以前有人问我，找男人要找什么样的？爱你的，还是你爱的？我那时很容易被人带沟里去，开始认真纠结爱和被爱的问题。

现在再有人问我，我会说找个会做家务又喜欢做家务的男人。为啥？因为男人就是这样要求我们女人的。

02

结婚这种事，
真的没必要那么着急

1

读者凌凌最近想结婚了。凌凌和男友是在网游里认识的，没错，就像肖奈大神和贝微微一样。

一起玩了一段时间的网游后，他们见面了。男友又高又帅，蛮有型，凌凌虽不是贝微微那样的大美女，但颜值也算中等以上。两个人对彼此的印象都不错，迅速从线上的侠侣发展到了线下的恋人。男友"秒速"带凌凌见过了家长。男友今年二十三岁，明年是本命年，男方老家有讲究，本命年不能结婚，说是不吉利，所以催着凌凌结婚，希望最好是旧历年前把婚事办了，否则就要等上一年。

凌凌本来并没打算结婚，但男方的态度非常诚恳，于是就有点儿动心。结果凌凌的父母不同意,理由是他们才相处了三个月,建议凌凌再了解了解,还说本命年不能结婚,那么干脆再等一年好了。

凌凌并不认为他们认识的时间短,因为他们一起玩游戏已有一年多了,自认为已经非常了解男友了。这个节骨眼上,张雨绮发表了结婚声明。据张雨绮工作室称:两个单身的人相识十天相恋,相识七十天结婚,这是一段恰到好处的相遇,相信爱的人会得到命运的眷顾。凌凌像是找到了强大的力量支撑,你看你看,张雨绮他们相识七十天就结婚了呢!明星闪婚并不新鲜,闪婚后幸福的也不乏少数。据说,萨顶顶与李柏林相识仅一天,准确地说是九十分钟,便前往婚登记处领证结婚。

妈妈还是一口咬定"不急",建议再观察观察。凌凌感到挺不爽的,她也不是非急着把自己嫁出去,而是觉得自己都成年人了,却因为父母反对结不成婚,这也太搞笑了吧。而且她觉得这是父母不信任她的表现,自己又不是小孩子了,难道连这个判断力都没有吗?原来凌凌的脑回路在这块儿。

"浅姐,你觉得我应当怎么做好呢?"

被凌凌姑娘信任,我甚是开心。不好意思的是,我的态度也和凌凌妈妈一样,结婚这种事情,那么急干吗?毕竟都单身二十多年了,再单上一年,又能如何?

2

同事的表妹,就因为太急,遇到了点儿麻烦。

那姑娘怀孕了,刚结婚没多久,还没来得及领证就发现男方出轨了,而且出轨对象是前女友,或者用"旧情复燃"来形容更确切一些。现在表妹很纠结要不要那个孩子,更纠结两人的婚姻要不要继续下去。

"表妹喜欢这个男孩很久了,但男孩一直有女朋友,所以表妹的身份相当于备胎。前阵子男孩和女友分手了,分手还不到一个月,就对表妹说想和她在一起。当时我们都劝她不要急着和他确定关系,因为明眼人一看就能猜到那男孩可能是想拿表妹报复前女友。但她可能是心心念念太久了,不但和那男孩迅速确定了关系,还同居并怀孕了,于是商量先把婚礼办了再领证。现在出了这种事,问我要不要打掉孩子,那是一条人命呐,让我怎么说?"同事一副恨铁不成钢的模样,我听后也唏嘘不已。

当然,并不是说所有闪婚都会出现这种局面,毕竟这只能算是遇人不淑的特例。但是对于结婚这件事,表妹如果不是那么着急,而是再观望观望,这个悲剧、这场心伤是不是就可以避免了呢?

再者说,结婚这么大的事情,真的有必要那么急吗?对方又不是《一公升的眼泪》里患有重症的池内亚也,爱一天少一天,急着领那张证。到底是想证明什么呢?更何况婚姻关系这种无论是结还是离都需要走法律程序的复杂关系。

除非你怕他跑掉或者他担心你跑掉，但是晚一点儿就跑掉或者成为别人老公的男人，只能说他不是你的真命天子。即使暂时得到，估计也会失去，又何苦着急忙慌地去争去抢呢？到头来，还不是梦一场。

3

性子急，是很多人的缺点。急，源于内心的焦虑，过于想得到或者害怕失去。

我也是个急性子。过马路时，红灯还有十秒钟才变绿灯，我必定会小跑着冲过去；坐公交，看到前边有车进站，一定要跑几步去追车。好像错过这次红灯，错过这班车，就再也无法"到达"似的。最要命的是，跟人聊天时，如果对方没"秒回"，我也会急，甚至会胡思乱想：他为什么不回话，他是不是生气了……

前几天帮一位大神写了个文案，原本大神正在和我闲聊的，但是我文案发过去后，她却不吭声了。于是我开始陷入深思：是不是我的文案不好，惹大神不开心了？几个小时后，依然不见大神回复，我急了。我有个朋友正好也认识这位大神，于是就把文案发给她，让她帮我看一下。

朋友认真地帮我分析后，也认为可能是我的文案不合大神的心意。于是我们开始商量怎么修改。正在我们讨论得热火朝天时，大神发来一句话：实在不好意思，我手机没电了，才充上电，你的文案简直棒极了。

我当时只觉得自己简直是个神经病，把大神的话截图发给朋友看，朋友也跟着哈哈大笑。我的这些胡思乱想、焦虑焦躁，无非是因为我太在意大神，而大神又没有"秒回"我的信息。问题是，谁都有忙或者不便的时候，怎么可能做到时时"秒回"呢？

注意：上文中的大神可以换成男朋友、领导或闺蜜！

说到急和没耐心，非小孩子莫属。因为他们没有时间概念，不知道耐心为何物。他们饿了渴了都会第一时间表达出来，如果没有瞬间得到满足，就会大哭不止。但是，就算孩子没耐心，当一个两岁的孩子在被大人允许触摸某件物品之前，也能够单独等待四分钟。遗憾的是，很多成年人却连四分钟都等不了，总是急不可耐地露出自己的底牌，生怕对方不知道自己的心思。

《志明与春娇》里有一句话我非常欣赏：有些事不用一个晚上都做完，我们又不赶时间。可惜，在这个浮躁的年代里，很多人想要的不是细水长流，而是恨不能一夜白头。

既然做好了一生一世的打算，如果他是对的那个人，晚一点儿又有什么关系。如果不是对的那个人，少在一起几个月，不是更好吗？

婚姻这种事啊，是关系一生一世的事，真的没必要那么急。

03

婚姻里，
别太把男人当回事

1

前几天，我又发朋友圈吐槽老秦了。

是这样的，我们终于把车买了。

老秦同学说，新车一定要多开多磨合。想多开还不简单吗？我可是每天从咸阳去西安上班的人，我说："那你下班后去后围寨接我吧。"

老秦说："不行，你下班太晚，天都黑了，我讨厌晚上开车。"

我又说："那你早上送我，我早上出门时，天都大亮了。"

老秦说："不行，我起不来。"

以上，就是我发在朋友圈的内容。

没过一会儿，我收到 M 姑娘的私信，她说："清浅姐，你为什么不离婚呢？我真觉得你们没必要再过下去了。"我一脸黑人问号，她继续说，"我关注你好久了，我觉得老秦对你特别不好。我印象中，老秦说话还特别难听，你不是吐槽过他噎死人不偿命吗？这样的日子，为什么还要硬撑呢，离婚吧，清浅姐。"

我的婚姻给人的印象真的这般糟糕吗？我略有点儿震惊。

其实早上在朋友圈发那些内容，我压根不是因为生气，只是没事吐槽一下老秦而已，我一开始就猜到他肯定不会送我。

此外，我早上花五块钱拼车也挺方便的，而且开车的帅哥不会一脸牺牲精神，而是开开心心地和我说话，因为他挣到我的钱了嘛。

然而，在这姑娘劝我离婚的同时，也有一拨人只要见我吐槽老秦，就说我"又在秀恩爱"或者称自己"被撒了一把狗粮"。这些读者大多比我年长几岁。不知道她们是婚姻状态比我更糟呢，还是抱着宁拆一座庙不破一桩婚的目的，反正总是劝我"老秦够好的了，你就别老喷人家了"。

于是我很认真地思考了一番，如果我再年轻几岁，如果我不是身在局中，而是作为一个旁观者，会劝自己离婚吗？我猜，大概会。因为我印象中的婚姻，也不是这个样子的。

2

年轻时对婚姻的期待是怎样的呢？——他早上起来帮我做早餐（我

帮他做也可以），在铺满阳光的餐桌上一起吃早饭；一起牵手去上班；偶尔他会接我下班，一起逛街；结婚纪念日去高档的餐厅吃饭……总之很浪漫，就如偶像剧所演的一般。

结婚前，对找一个什么样的人，我真的没有什么概念。那时候没有微信公众号，也没有人教我从容貌看教养，从身材看教养，从吃相看教养，等等。后来遇到老秦，他喜欢我，我正好也喜欢他，所以就嫁了。

相处得久了，才发现婚姻完全是一地鸡毛：他不爱洗脚；不提醒的话，永远不会换内裤；过节（情人节、妇女节、我生日）的话，送的礼物要么不走心（随便一买），要么干脆不送……再后来，我们就进入了怨偶模式。三天一大吵，两天一小吵；我嫌他不做家务，不管孩子，他嫌我做事没条理，东西乱丢乱放。甚至一起看电影，都要互相嫌弃一番。我喜欢看爱情片、文艺片，只要我选这种片子，他就撇嘴。

我们家的电视盒子里有各种类型的电影频道，动作、港台、奥斯卡……最让我不能理解的是有个类别叫"直男必看"。我好奇这个类别的频道到底放的是什么样的电影，点进去后发现全是打打杀杀的片子如《教父》《生死狙击》《谍中谍》。老秦说，你随便点一部"直男必看"的片子，都是我的菜！我当时嘴巴也是撇到了天边。

有一天和一个同事一起坐地铁，她一直和我吐槽她老公，说老公下班早，原指望回到家就能吃上老公做的饭，到家后发现老公才刚开始淘米，于是气到不行。她在吐槽的时候，我好像看到自己在吐槽老秦。

我突然发现，我们的喜怒哀乐好像一直在围着一个男人转。他送我礼物，我开心；他不洗衣服，我不开心；他接我，我开心；他喝酒了，我不开心；他回家晚了，我气得要死；他早早回家做饭，我就心情大好；如果再把家务做了，我就心花怒放，直夸老公今天表现不错。

我们的生活重心，为什么要围着一个男人转呢？为什么要因这个男人做了什么或没做什么，决定着我们百分之七八十的情绪呢？就不能有点自己的生活吗？就不能有点别的让自己开心的事儿吗？比如，明知道他不是会送礼物的人，为什么还要有所期望呢？不如一开始，就放下执念——他送，我要开开心心的；他不送，我也要开开心心的。

今年三八节是我过得最舒心的一次，因为一开始就不指望老秦会有什么惊人的表现。好友约我看电影，我欣然而往，路上遇到卖本子的小贩，好而不贵的笔记本，我精心挑了两本，送给朋友一本，自己留一本。还差点买了口红，因为排队的人太多，所以只能放弃了，约好改天来买，又给下次见面留下了由头。看完电影后和好友一起去吃饭，边吃边聊，这种感觉真的很嗨。

是的，多一些除了老公以外的生活，多接触老公以外的一些人，你就不会那么老在意他了。

3

我也是修炼了很多年才明白，女人的幸福想要掌握在自己的手里，就别太把男人当回事。

不是不对他有所要求，而是别让他成为你生活的全部。如果你的眼里只有他，那么大概就只剩下怨天怨地怨老公了。

他没洗碗、回家晚、没送礼物、不陪孩子……这些都可以沟通，可以交流，但是别让这些太影响自己的心情。

另外，就是让自己忙一点儿，做点自己喜欢的事情。其实之前我也有体验，那就是如果我认真追剧的时候，是不太在乎老秦有没有惹到我，因为这时我注意力已不在他身上了。

最近我愈加发现，当一个人忙到顾不上喘口气的时候，也就顾不上吵架了。因为吵架不但浪费时间，还影响情绪。情绪一不好，就耽误我写作，甚至会让我失眠，而某人却完全跟没事人似的。最郁闷的是，吵来吵去，经常吵的还是之前已吵过的问题。于是索性不吵了。

一个充实而且有目标的女人，会自然而然地大度起来，格调也高了起来，也会不太那么在意老公的一举一动。不是放弃"治疗"了，而是有的时候，你在乎又怎么样呢？还不是平白让自己闹心吗？那就看开些喽。

劝我离婚的 M 姑娘，可能认为婚姻应当是美好爱情的延续，应当是岁月静好的保障，至少不要像我这样鸡飞狗跳。

婚姻虽然把我逼成了怨妇、吐槽女王，但是我有没有得到滋养呢？有的。老秦这个人，缺点很多，优点也很明显，尽管我一时想不起来。如果老秦真的一无是处，我大概也早和他过不下去了。

4

不管你嫁给了谁，不管他贫穷还是富有，有多少缺点，有多少毛病，吃相好不好，你生病了是让你多喝水还是去给你买药，说到底，我们无论是选择婚姻还是选择不婚，终极目的不都是要使自己开心或者幸福吗？

为什么要把自己快乐与否的钥匙交到男人的手里呢？为什么要让他送不送礼物、他洗不洗衣服这样的小事情来烦恼你呢？想要什么可以自己去买。不想洗衣服就丢给洗衣店，不想做家务就请个钟点工。

别太拿男人当回事，那样的生活太局限了。去跑步，去读书，去和朋友们见见面，让自己的人生宽阔一点。

是的，把自己当回事儿吧。当你把自己当回事儿，生活也会把你当回事儿的。

04

对不起，
有些事情我永远无法习惯

1

前天晚上老秦喝醉酒回家，我很生气地跟一个姐妹吐槽。她听完我的控诉后，淡淡地说："你家老秦那么爱喝酒，又不是第一次醉酒回家，我不理解你为什么每次都这么愤怒？你怎么还不习惯？别跟自己过不去了，早点睡吧。"

我知道她是在安慰我，也并无恶意，可还是感觉不舒服，什么叫我怎么还不习惯？"习惯"，一般解释是对新的情况逐渐适应。这个朋友的言外之意，我应当对老秦醉酒这件事习以为常并适应才对？

可是，即使他经常喝得酩酊大醉，我还是无法适应他酒后东摇西晃的样子，也无法接受家里酒味冲天，见到他呕吐，依然想杀人。是的，有些事情即使发生过一百次，我依然不习惯，或者说我不愿意去习惯。

我以前的同事许姐是南方人，她十九岁来西安读大学，毕业后留在西安且嫁了个老陕。可是每到冬天，她都会怀念家乡的冬天，家乡的冬天没这么冷，也没这么干燥，空气更不会如此糟糕。"真不习惯北方的冬天啊。"她时不时地这样感慨。

她每次这般碎碎念时，我们另一个同事背地里都会撇撇嘴说："都在西安待了十多年了，有什么不习惯的？在南方长大了不起呀，不习惯回南方去啊。"这个同事觉得许姐太矫情了，别人都能习惯，凭什么你不习惯？你是金枝玉叶还是豌豆公主？这位同事背后说许姐的这些话，许姐也有耳闻，她是这么回答的："别说我在南方长大，就算我只去过一次南方，喜欢那里的气候和空气有什么不对吗？我为什么要习惯寒冷、干燥和雾霾呢？"

是啊，我们为什么要习惯不美好的事情、糟糕的事情，甚至不合理的事情呢？为什么大家都习惯和适应了的，我们也要习惯和适应呢？

2

我有个网友，她结婚第三年时老公出轨了，她很坚决地和老公离了婚。半年后，因为老公一直表示绝不再犯，还在她父亲生病时鞍前马后地照顾着，她和老公就又复婚了。原以为破镜重圆，老公会格外珍惜他们的第二次婚姻。结果半年后,老公竟又去拈花惹草了。这一次她彻底绝望了,再次提出离婚。婆婆不想让他们离,劝她道:"哪个男人不偷腥,看紧点儿就是了。再说,他又不是第一次出轨了,你应当习惯才是。这次咱狠狠收拾收拾他,给他个教训就行了,为了孩子就别再瞎折腾了。"

我这个网友非常气愤,他出过轨,我就应当习惯?所以有了第一次,就可以有第二次、第三次甚至第四次吗?网友果断和老公离婚,老公再次痛下决心请求她的原谅,她却已经"奴心似铁"了,并且表示绝无复合的可能。因为真的无法习惯老公的"习惯性出轨"。

我听过一个家暴的故事。这个男人是个中学老师,看上去文质彬彬的。当时女人要嫁给他的时候,大家都觉得他不错,工作稳定,又是个孝子。唯一的劣迹是有一次因为处罚几个调皮的学生,"用力过猛"被学校警告过。但是大家都觉得没什么,老师管学生不是天经地义的吗?

结婚没多久,女人发现,这个男人不光爱管学生,还爱管老婆。女人和男性哪怕是同事间的正常沟通接触,他都疑神疑鬼,横加干涉,这简直是《不要和陌生人说话》的现实版。女人无所适从,恨不能换个全是女人的公司上班。

有一次,女人在公司加班到很晚,于是单位同事就送她回家。老公问她对方是谁,她解释只是顺便捎她回家的。老公却认定两个人不清不白,否则为什么不乘出租车?那晚男人第一次动了手,而且"用力过猛"。第二天女人哭着回了娘家,父母却坚持再给她老公一次机会,老公也保证会悔改。她选择了原谅，却到了后来才发现，一个人一旦有暴力倾向，是很难悔改的。就像他不止一次打学生一样，也不止一次地将拳头挥向了老婆。

可是，当她提出离婚时，竟然也有人劝阻，让她忍一忍。很多时候就是这样，因为你经历过一次或几次很不幸很残忍的事情后，所以当你再次经历的时候，大家就觉得你应当习惯了，你应当应付得来。可是凭什么我们已有过一次不幸或者被欺侮过、被恶心过甚至被强奸过，我们就要平静地面对第二次甚至之后的无数次呢？

3

王家卫拍的电影《堕落天使》里，有这样一句话：跟一个人合作久了，你的习惯或多或少会受他的影响。虽然我很熟悉这种香水，可是我怎么也不习惯从别的女人身上闻到。是的，即使明知道对方变心了，我还是不习惯在别的女人身上闻到香水，也不愿意习惯。

我不习惯一个男人从不做家务，不习惯男人从不管小孩儿，更不可能习惯出轨甚至家暴。

我讨厌满口脏话的人，讨厌男人随地小便，讨厌缺斤短两，讨厌捉弄小孩……即使听过很多脏话，即使偶遇过很多次男人随地小便，即使被缺斤短两很多次，即使经常看到有人无端逗弄小孩子，我依然不会习惯，依然觉得脏话刺耳、随地小便没素质、缺斤短两可恨、无端逗弄小孩子很无聊。

我还不习惯不公平，不习惯不被尊重，更不习惯被欺负。你也可以理解为，我固执地不愿意习惯这些恶的、丑的事情。

我郑重地请你也不要轻易习惯。因为习惯就意味着默认和接受，意味着不再质疑、心安理得甚至无动于衷。

因此，那些不合理、不公平的事情，哪怕发生了很多次，哪怕每天都在发生，也依然请你保持不习惯。请保持你的娇气、敏感、挑剔，我们就是久居鲍鱼之肆，也还要闻其臭。因为我们就是讨厌一切假的、丑的、恶的，我们就是不愿意习惯。

哪怕被人嘲笑矫情，不通人情世故、幼稚、傻，也依然请你傲娇地大声说："不好意思，有些事情，我永远不习惯。"

05

谈个恋爱而已，
凭啥他一定要爱你多一点

1

"这是个狂风摇摆树木的下午，希望你看到这封信的时候，也是个狂风摇摆树木的下午。希望你能站在我站过的窗前，躺在我躺过的床上，看我看过的书。如果能这样，就当我们是在一起吧，这样我们也像其他恋人一样幸福吧。"

经典韩剧《秘密花园》里，金洙元在吉罗琳变成植物人后，决定和罗琳交换身体，让吉罗琳的灵魂在自己的身体里继续活下去；在实施这个伟大的计划之前，他写下了上边的那段话。那句"这个狂风摇摆树木的下午"，莫名让我的心跳停了一拍，猛记起了一句诗"昨夜西风凋碧树"，在那样一个狂风摇摆着树木的冬日，想必他的内心也是不安宁的吧。

这是我第二次看这部叫《秘密花园》的电视剧了。犹记得第一次看的时候,金洙元写这封绝笔信时,我跟着哭得泣不成声,卫生纸用完了就把眼泪鼻涕抹到老秦身上。因为无法自拔地爱着你,所以如果你我之中只能有一个人健健康康地活在这个世界上,如果必须有一个人像人鱼公主一样化成泡沫,那么就让我来做人鱼公主吧。

这一次我却意外地平静,只觉得玄彬穿粉红色针织衫真的好好看。

2

隔了六年的光阴再看这部剧,玄彬还是那么帅,可我的泪点却已经不在。曾经,我相信这就是最好的爱情。那时以为爱一个人,就是无所顾忌地放胆追求,冲破一切阻碍,甚至可以为她去赴死。

因为有这样的爱情观,所以我对"我的男友一定要爱我更多一点"这观点也深以为然。

我刚结婚时,经常会因为小事和老秦吵架,会被他气得肝疼肺疼。每次吵架,不管对错,必定是我不理他。无论他怎么哄我,我都冷着一张脸。咪蒙那篇《谁 TM 在乎对错,我只要你挺我》,非常契合我当时的心境。

退回去六年前,我也是这种态度,爱我是吧?爱我为什么不哄我?

我当然也有错的时候，但是，我错了你也要让着我，必须无条件地包容我。总之，一定要比我爱你多一点。

有点"作"对不？还有更作的呢！

《河东狮吼》里柳月红那句：从现在开始，你只许对我一个人好；要宠我，不能骗我；答应我的每一件事情，你都要做到；对我讲的每一句话都要是真心；不许骗我、骂我，要关心我；别人欺负我时，你要在第一时间出来帮我；我开心时，你要陪我开心；我不开心时，你要哄我开心；永远都要觉得我是最漂亮的；梦里你也要见到我；在你心里只有我……我更恨不得裱起来贴在墙上，让老秦谨记在心，每天默背三遍。

但是现在，这样的爱情，单是听一听，就觉得好累。谈个恋爱而已，一定要一方凌驾在另一方之上吗？很多女孩坚持爱情里要做女王，要高高在上，要被宠被哄，是的，亲亲抱抱还要举高高。但是换位思考一下，如果有人这么对待你儿子，你愿意吗？谈个恋爱而已，真的有必要把对方谈得矮一头吗，难道这才是真爱？

3

结婚七年，我觉得婚姻让我学到的最大智慧，不是如何驾驭男人让他围着我转，也不是如何让他哄我宠我，而是在发生不愉快的时候，我要如何哄自己，如何与自己相处。

当荷尔蒙消退之后，原本把对方看成"花儿"的男女双方，如果不彼此厌烦，真的已经是万幸了。男人不但已不那么爱哄你，而且事实上他们不气你就已经是阿弥陀佛了。

我相信婚后是有真爱的，但是，一个人总希望爱自己的人像对待小公主那样每天一哄二讨好三跪舔，估计是会大失所望的。

因为他爱你，所以就要无条件地当你的情绪垃圾桶，二十四小时脸带微笑且小心翼翼的？爱你为什么不能是件轻松的事，而是非要这么累？毕竟谁也不是永远发光发热的备胎。所以为什么一定要等着他来哄呢，谁也不是宇宙的中心对不对？

我们找个爱人，是为了好好相爱，而不仅仅只是为了让他好好爱你。请不要让爱变得太累，更不要总等着他来哄。你是成年人了，三岁小孩总是哭哭闹闹尚且让母爱滔天的妈妈烦不胜烦，更何况是一个成年人。

现在我更倾向于有问题自己解决。工作上遇到不顺心的事儿，尽量不和家人说，因为不想让他们担心，在回家路上我就自我消化了。以前不是这样的，以前若是有了心结，一定要等老秦来帮我打开——要安慰、要哄，而且要反复安慰，反复哄。现在，我明白了，夫妻之间有时候也需要报喜不报忧。大家各上各的班，谁还没点委屈？一天不见面，好不容易坐到一起，为什么要说不开心的事？能笑着回家，我绝不皱着眉头见他。

爱是相互的，不是一方总折磨另一方，故意给对方出难题，而是我知道你心疼我，我也心疼你，所以宁肯不让你担心。当然，不是说不需要分担，不需要哄，而是共同分担，互相哄，彼此平等。

最好的爱情一定是平等的，我爱你七分，你也爱我七分，而不是我爱你三分，但你要爱我七分。别总想着"他爱我，一定要比我爱他多一点"，若抱着这种态度的，大概是因为你还不够爱他。

谈一场健康的、平等的、正常的恋爱吧！别那么"作"，适当撒娇可以，但是别太"作"，更别患上公主病。他不过是个自私的男人，你不过是个自私的女子，两个自私的人能走到一起已然很不容易，那就别让"爱你"变成一件很累的事吧！

06

比死亡更可怕的，
是凑合的婚姻

1

一天和几个好朋友聊到平生经历的最恐怖的事情。一个朋友突然说，是凑合的婚姻。她说完后，我们都怔住了。

朋友的姐姐是个婚姻非常坎坷的人。姐姐和姐夫是校园恋人，毕业没多久就结婚了，一年后生下一个可爱的宝宝。为了更好地照顾孩子，姐姐辞职做了全职妈妈，姐夫则和几个好友一起创业，经营文创用品。姐姐把小家打理得井井有条，姐夫则每天早出晚归忙他的生意经。这原本是惹人艳羡的一对，然而孩子一岁的时候，姐夫出轨了。

出轨对象是公司的一个实习生，那个女孩儿怀孕了，找上门来让姐姐"让位"。姐姐非常生气，问他们在一起多久了，女孩儿说快一年了，也就是说姐姐刚生完小孩没多久他们就在一起了。

姐姐伤心欲绝，坚决要离婚。大家都劝姐姐慎重，让她再给姐夫一次机会，毕竟孩子还小。姐夫也跪下来请求原谅，并保证不会再犯。姐姐说自己有感情洁癖，一定要离。他们很快办了离婚手续，孩子的抚养权归姐夫。

离婚一个月后，姐姐受不了了。她想孩子，想得百爪挠心。她经常跑到姐夫的小区门口偷看，希望遇到婆婆抱孩子出来能远远地看上一眼。然而她不敢走近，因为她担心自己见了孩子会大哭。后来实在熬不住，姐姐找到姐夫，问能不能由她抚养孩子，姐夫回答他也舍不得孩子，要不咱们复婚吧。

因为离婚后姐夫并没和那个实习生在一起，于是姐姐就和姐夫复婚了。原以为破镜重圆，幸福在即。结果复婚后姐夫并没有收心，要么不着家，要么回家后钻进卧室打游戏。最让姐姐郁闷的是，他还不止和一个女人的关系不清不楚。

姐姐又想离婚了，她说："我原以为为了孩子，我可以忍受和不再爱的人在一起，我发现我错了。"这次拦着她的人更多了，有人劝她："要离婚的是你，要复婚的也是你，你把婚姻当儿戏吗？"姐夫也不同意离婚，还拿孩子要挟姐姐，姐姐便于一个深夜割腕了；所幸发现及时，姐姐被抢救过来了。

这真是一个令人唏嘘的故事，一个本来就心碎了的女人，为了孩子，生生让自己的心碎了一次又一次。朋友叹口气说："婚姻这东西，真的不能凑合。凑合的婚姻，带来的绝望会让人喘不过气来。"

2

我以前读《半生缘》，最不喜欢的内容，不是顾曼桢被姐姐设计、被祝鸿才强暴，也不是被软禁时求救无门，而是顾曼桢竟然嫁给了祝鸿才。

顾曼桢的姐姐不能生育，为了留住丈夫的心，便设计让老公祝鸿才强暴了曼桢，希望可以借腹生子。曼桢怀孕，并且被软禁在祝家，直到在医院生产时才在室友金芳的帮助下，逃离了祝家。她原本的打算是当自己被狗咬了，再也不回头。

可是几年后的一天，姐姐跑来找曼桢，说自己快要死了，求她为了孩子回到那个家里。看到孩子的瞬间，曼桢的内心受到了极大的震撼。没多久，曼桢又巧遇姐姐以前的佣人，得知姐姐去世后孩子过得并不好。于是曼桢决定回家看看孩子，正赶上孩子在生病，曼桢悉心照料了孩子几天后，终于决定嫁给祝鸿才。

我想那时候的曼桢应当是心如死灰的，她肯定是抱着为了孩子的幸福牺牲自己的念头。然而实际是怎样的呢？

婚后，曼桢和谁都不来往，恨不得将自己藏在一个黑洞里，因为这段婚姻让她觉得不光彩，她总有一种不洁之感。最要命的是原本仰望她的祝鸿才对她的态度也发生了一百八十度的转变：从前觉得她好，可望不可即。现在她嫁了他，日子长了，当然也就没有什么稀罕了，甚至觉得他上当了。就像一碗素虾仁，看着是虾仁，其实是洋山芋做的，木木的一点滋味也没有。

曼桢只觉得她现在过的这种日子对不起她自己。两个人一天到晚吵架，祝鸿才对孩子也动辄打骂；孩子见了爸爸，吓得像见了鬼。最郁闷的是，曼桢还发现祝鸿才在外边养了外室。这时曼桢终于痛下决心离婚。小说中有一段让人非常警醒的话："这些年来她（曼桢）固然是痛苦的，他（鸿才）也没能够得到幸福。要说是为了孩子吧，孩子也被带累着受罪。当初她想着牺牲她自己，本来是带着一种自杀的心情。要是真的自杀，死了倒也就完了，生命却是比死更可怕的，生命可以无限制地发展下去，变得更坏，更坏——比当初想象中最不堪的境界还要不堪。"

这段话看得人悚然一惊。不幸的婚姻，原来真的比死还要可怕，还要坏，还要不堪。后来曼桢终于悟到：从前的事，那是祝鸿才不对；后来她为了孩子嫁给他，是她错了。认识到自己错了就永远不会晚，曼桢离婚了，尽管费了九牛二虎之力，但幸运的是孩子归了她。离婚后，曼桢的生活也发生了彻底的改变，虽然为了生计很辛苦，但是母子两人每天却都快快乐乐的。

说到底，无论结婚还是离婚，我们最终的目的不就是快快乐乐地过日子吗？

3

偶尔和好友聊天,说到那些看似凑合的婚姻。我们一致认为:没有离婚,应当是还过得下去。不管是为了孩子,为了利益,还是为了其他什么原因,肯定有还在一起的原因。

最近,我却越来越坚定地认为,千万不能为了孩子凑合。孩子的心是最敏感的,不要以为孩子小什么都不懂。八九个月大的小朋友就开始会看人的脸色,知道你开心还是不开心,喜不喜欢他。

有个朋友曾和我说,她老公特别小孩子脾气,动辄生气,使小性子。有一次,他们拌了几句嘴,这时跟着婆婆出去玩的女儿回来了,看爸爸坐在沙发上生气,就把手机递给爸爸说:"爸爸抢红包。"孩子之所以有这样的举动,是因为经常看到爸爸乐呵呵地抢红包。她是在哄爸爸,而这时女儿才两岁多。

她当时无比心酸,转过身子直抹眼泪。她希望女儿像其他小朋友一样无忧无虑,而不是看她和老公的脸色。一个两岁多的小孩儿哄三十岁的大人,真的让人好心疼。从那一刻起,她决定好好反省和老公的相处模式。

我并不是说,婚姻一旦出了问题,就要果断离婚,而是说,那种凑合甚至打着孩子的旗号凑合的婚姻,请不要再继续了!要么想想办法,好好把婚姻经营好,要么干脆离婚算了。别让孩子成为你们凑合的借口,孩子有什么罪过?活该看你们三天一大吵两天一小吵?你们想把什么样的世界呈现给他?

研究显示,父母恩爱才是孩子安全感最大的来源。为了孩子凑合的婚姻,才是对孩子的不负责。让孩子在一个父母都不能融洽相处的环境中长大,才是对孩子的凌迟。真要爱孩子,更应当给他一种态度:日子,要用心过;婚姻,要好好经营。实在过不下去,也要肯认输,过不下去就不过,千万不能凑合。

勉强将就的婚姻,不仅对夫妻二人是一种折磨,对孩子更是如此。对孩子来说,有爸爸有妈妈,并不意味着家庭的完整,"爸爸爱妈妈、妈妈爱爸爸、爸爸妈妈都爱我"才是完整的家庭,因为这样的家庭会提供更多的爱和安全感,这才是适合孩子成长的环境。

为了孩子,请不要再凑合了。要么好聚好散,要么好好经营你的婚姻,好吗?

07
比有房子更重要的，是有家

1

去久不见面的好友许艳家做客，发现她家变样了。屋里窗明几净，收拾得非常干净、整洁，还新添置了一套布艺沙发、一张实木的小茶几，茶几上放着一个粗陶的花瓶，瓶里插着几枝半开的百合。我甚至以为自己走错了地方，我以前来过她家，绝对不是这样的。因为房子是租来的，家具很简陋，许艳也不太收拾，感觉房间乱七八糟的。

好像看出了我的困惑，她说前段时间经历了一件事，改变了她的生活观。

许艳和王磊是校园恋人，他们一开始就把买房当成目标。他们刚毕业那会儿，房价是四千五一平方米，那时他们一个月薪三千五，一个月薪两千八。为了早日在这个城市有个小家，王磊工作之余带了两份家教，许艳下班后则去夜市练摊，卖些打底裤、头花之类的女生用品。兼职外加省吃俭用，只用了两年他们便攒够六位数的钱。虽然房价飙升了，离首付还差那么一点点，两个人却已经把东西南北四个郊区的楼盘全看了一遍，每天晚上悄悄谋划买哪个楼盘的房子。

就在这个节骨眼上，王磊的妈妈生病了，是胃癌；好在发现及时，做手术还来得及。得知消息的当晚，王磊一声不吭，只是一支烟接一支烟吸个不停。许艳咬咬下唇，最终还是把存折递给了他，那是他们买房的首付。

当时沉默许久的王磊猛抬起头，七尺男儿瞬间湿了眼睛，嗫嚅了半天才说："许艳，我王磊欠你一套房子，我今生……"

许艳嘴上说着不要紧，事后却不争气地哭了，那是她练了多少次摊才一点一点攒下来的啊！

幸运的是，一个月后王磊的妈妈顺利出院了。那天许艳一进门，看到的就是我看到的情形，新沙发新茶几，如果不是看到沙发上笑眯眯的王磊，她也以为自己走错了房间。

为了攒够首付，他们的出租屋一直很简陋，连个衣柜都没有。王磊知道他们一时半会儿买不起房子了，可他却想给许艳一个家。经房东同意后，他请人把房子粉刷了一遍，又添置了几样家具，于是简陋的出租屋秒变文艺简约范儿的公寓。

许艳说，以前房子没收拾，没觉得多么稀罕，收拾以后特别爱这个小家。两个人感情好像也更融洽了,不但非常珍惜这里,还一块儿做家务,一块儿做饭,幸福指数提升了很多。

这蓦地让我想起一句话:房子是租来的,生活不是。虽然没有房子,可是我们可以有很多很多的爱。相对于房子,爱和信任才是安全感的重要来源。

2

的确,只要彼此相爱,住出租房还是自己的房子,真的没那么重要,关键是看你过日子的态度。出租房里也可以把日子过得热气腾腾,在自己房子里过得马马虎虎、邋里邋遢,照样没个家的样子。

我一个朋友打算今年"五一"结婚。买家具时,却发现租住的房子阳台没有装插座。朋友说那就用接线板凑合一下吧,反正明年"十一"我们买的房子就交房了。

朋友的妈妈却坚决不同意凑合,她说接线板既不方便又碍眼,宁肯花几百块钱找工人装一个插座。朋友的妈妈这样坚持是有原因的。朋友家原本居住的房子是个小两室,只有五十来平方米。厨房是由阳台改造而成的,因为阳台小,连抽烟机都装不下,每次只能开着窗户做饭,但依然一屋子油烟。

朋友的妈妈后来打算在阳台贴上瓷砖,并装一个排风扇,连瓷砖和水泥都买回来了。一时半会儿却没找到房子内部的线路图，工人说不敢贸然动手。后来找到了图纸，又风闻单位打算集资盖房，他们想着反正没几年就换大房子了，再凑合一下吧。

没想到几年过去了，单位集资房连个影儿都没有，阳台却因为每天做饭变得又油又黑。有一天朋友的妈妈终于忍无可忍了，她说："哪怕咱们明年就搬家，我也要把阳台改装一下，我实在受不了这种烟熏油绕的日子了，这种日子让我觉得对不起我自己。"

于是朋友的爸爸请了两个工人来贴瓷砖，两天就搞定了，阳台厨房不但亮堂了很多，油烟也少了，朋友的妈妈做饭时的心情自然也愉快了不少。朋友的妈妈非常痛心地说："只是简单改装一下而已，咱们早干吗去了？感觉自己前几年脑子像进水了。"

的确会有这样的情形，很多人总想着两三年后就买房子或搬家，于是抱着凑合过、暂时委屈一下的想法。岂不知这种想法，让生活质量和舒适度大打了折扣。说到底我们拼命挣钱，不就是想提高一下生活质量吗？而抱着凑合的念头，是无法提高生活质量的。

3

不管房子是买的还是租的，既然住下来了，就要把它当成家。什么是家？舒适、整洁、让人心情放松的地方才是家。如果能够彰显主人品位，非常有格调，那就更是锦上添花，让你的生活充满"仪式感"。

我读大学时有个女同学，结婚前一直是一个人租房住。这姑娘是个非常懂生活的人，不大的房子，总被她布置得非常有品位：一进门就看到一张核桃木的小餐桌，上边总是盖着一块羊皮小毯子。沙发前还铺了干净的毛毯，大家尽可以放心地席地而坐。在她家品茶、看书、聊天，都是一种享受，所以我们几个关系要好的朋友，周末总是去她那里小坐。

但我也有一种担忧：这么多物品，搬家的时候得多麻烦。

她的回答是："的确，搬家是有些浩浩荡荡，但我这个人最不能容忍的就是凑合，你们经常来我家做客，不就因为我家让人感觉舒服吗？"

必须承认，和她的住处比起来，我们那儿只能算是狗窝。这个同学还曾给我们支招，把狗窝升级为家，其实并不是一件多么难的事：一个可爱的小台灯，就会让家里的色调柔和起来；两双风格一致的拖鞋，不但让家看起来很温馨，还显得很甜。

所以，关键不在于房子的大小，不在于买的还是租的，而是你有没有用心对待它。因为有爱的地方，就是家。

第五部

CHAPTER

愿你成为面若桃花,
心深似海的女子

没有人生来是怨妇。当你开始热爱生活,关注自己的内心,每一天都把日子过得闪闪发光时,怎么可能会成为怨妇?

01

什么样的女人，
才会像孩子一样被宠爱

1

前阵子公司的路由器换了，顺便换了密码，大家都纷纷重新连接了网络，只有阿枝除外，理由是她不会。

"不是吧，Wi-Fi都不会？你家的是谁帮你连的？"我随口问。

"我老公。Wi-Fi又不是天天连，连一次就好了。"阿枝很自然地回答，"这些高科技的东西我从来搞不懂，都是我老公帮我搞定的。"

咦，Wi-Fi什么时候成了高科技了？

阿枝还是我认识的唯一没有支付宝的女生。当别人知道她没有支付宝的时候，都惊为天人地问："天呐，你从来不在淘宝网购物吗？"

"购物啊，一般是我想要什么，我老公就给我买。"

这恩爱秀得——我决定默默地找个无人的地方吐口血。

阿枝不但不会连 Wi-Fi，没有注册支付宝，网上订票、网上缴费更是一窍不通，她自我评价是生活不能自理，因为这些通通都是她老公帮忙搞定的。

阿枝是文科女，她老公是理科男。一说到电子产品、数字、方向感，阿枝就会说："我最头疼这些了，这得问我老公。"

有一次她买了部新手机，好几天没见她用，问她为什么，她说老公出差了，不知道怎么用，等她老公回来后再教她。

"不是有说明书吗？"

"那么多页看着头疼。"

……

阿枝真的很依赖她老公，她的"全能老公"我们见过一次。阿枝跟他在一起时，简直活脱脱一个傻白甜，她老公会一边说"笨死了，这都不会"，一边喜滋滋地帮她搞定。

对了，阿枝还是个路痴。有一次我们聚餐，阿枝负责订地方，结果到了附近没找到，刚要查百度地图时，阿枝一个电话已经打给她老公了："老公，你快帮我们查查，我们一大堆人都不认识那家店。"

我们真的是目瞪口呆了，更目瞪口呆的是，才一会儿阿枝老公就打电话过来了："往前走 150 米，左拐，再走 200 米，右拐……"

有一次有个男同事实在忍不住了，问阿枝："你总让你老公做这做那，他愿意吗？"因为该男生觉得娶了阿枝这样的女生，真的是——

嗯——三生有点太操心了。

"他为什么不愿意?他很开心呢。因为我是真不会,而且我很崇拜他。"

你以为人家在秀恩爱吗?不,人家是真的恩爱啊。

有人说爱一个人,会把她宠成小孩子。我看阿枝简直被宠成了白痴。注意哟,阿枝是个很普通的女生,绝非貌若天仙,也不是什么富二代、富三代,反倒是她老公有点帅帅哒。

2

我认识的另一个幸福女人是洋洋妈,她和我住同一个小区。

我第一次遇到她的时候,正抱着张小又在楼底下晒太阳,洋洋妈拿着两个气球从外边回来。她打量了下张小又问:"几个月了?看着和我们家洋洋差不多大。"

我就随口问她孩子呢,她是这么回答的:"我一个人在家太闷,出去逛逛,他爸在家看娃呢。"

当时小又半岁,我也经常觉得闷,但别说让老秦一个人看娃,他连抱都没怎么抱过又又的。所以我对洋洋妈的第一印象是一个被宠爱的幸福小女生。

很快就证实我的想法非常正确,和洋洋妈混熟以后,有一次聊到孩子的作息，我问她洋洋几点起床。

她回答不知道。

我好生奇怪，天天带孩子的人怎么会不知道孩子几点起床呢？

她说一般孩子醒了，是洋洋爸陪着玩，她会睡到九点左右再起床。

我承认那一刻我是非常嫉妒的，因为我家小朋友睡醒后第一句话是"妈妈，起床"，而老秦则是依旧像猪一样酣睡。

洋洋爸的确是个好爸爸。从洋洋出生开始，夜里给孩子把尿、冲牛奶等这些活儿一直是他搞定。现在洋洋上幼儿园了，经常送洋洋上学的也是洋洋爸，洋洋妈则在家睡美容觉。

洋洋爸周末还会一个人带着洋洋去游乐场，反正就是那种"我看娃，你去耍吧"的宠爱态度。没有对比，就没有伤害，同样是女人，为啥命运如此的大不同呢？

偶尔我也希望像阿枝或者洋洋妈一样，被老公深深宠爱，完全不知世间愁。可为什么好老公都是别人的呢？难道真的是八字决定的吗？

3

曾经看过一个有意思的段子，是这样的：不管他送的 iphone7 多丑，他送的法拉利颜色多难看，他送的房子位置多喧闹，我都会一声不吭地收下。喜欢一个人会喜欢他的一切，喜欢他开跑车的专注，喜欢他给你戴钻石项链时的绅士,就连给你打钱时多打了几个 0 的粗心都觉得可爱,人生就需要这样平淡的爱情。

我觉得有点意思,就发给了老秦,因为我也想要这种"平淡的爱情"。

老秦看后却说:"你肯定会嫌我送的法拉利颜色难看的,肯定会!"

太笃定了吧?我说:"你买辆试试,我肯定不挑颜色。(主要是你得买得起啊!)"

"那就会挑车型、挑车灯、挑车胎,甚至挑轮胎上的纹路……"

我得多无聊才会挑轮胎上的纹路?我堂堂射手座,压根不会注意那些细节好吗?

老秦继续说:"其实我并不介意拖地、洗碗,但我受不了拖地的时候,有人在旁边说这没拖干净,那没拖干净;我洗碗的时候也受不了有人在我耳边说,水开太大了,别用洗洁精,别用清洁球。"

咦,"有人"是谁?这个"有人"好像不太可爱哟。

"比方吧,我问某人晚饭想吃什么,某人会说'随便',我就去买,但是说过随便的某人会非常的不随便,青菜不太新鲜、油太多、太咸、贵……"老秦开启了吐槽模式。

而我,是个善于反思的女人。难不成,一切都是因为我太挑剔了,而阿枝和洋洋妈并不爱挑剔?还是她们的老公无论做什么,她们都觉得"好"呢?

我的确是有点那么爱表达意(tiao)见(ti)啦。前提是,老秦做事情的确经常"不合格"或者"有问题"啊。

不过阿枝好像的确总是对她老公充满崇拜，总是觉得老公好厉害，有时干脆放弃思考的能力。而洋洋妈好像很容易知足，不是很喜欢操心。而我则事事过问，没有一件事会放心地交给老秦去办的。

"你要闭上嘴，不要那么多这不好，那不行，我也可以像阿枝老公宠阿枝一样宠你。"

这叫什么鬼话。我好好一大活人，为什么要闭嘴？——"所以，问题在我喽？"

老秦笃定地点头，气死人不偿命的狮子座。

是谁说的，幸福的家庭是相似的，经常吵架的家庭各有各的原因，资深怨妇也不是一天养成的。

常听人说，性格决定命运。我发现，你是什么样的人，决定了你会有什么样的生活，决定了你会有什么样的婚姻。我觉得，我可能注定过不了阿枝或者洋洋妈那样的幸福生活了，可能还真的是命吧！

02
不抱怨的女人最美

1

好友木木前不久荣升为妈妈，趁着春暖花开，带着宝宝回农村的娘家小住。农家小院，春风拂面，一地碎阳，满院花香，简直美不胜收。然而两天后她表示受不了自己的亲妈了。

"我的妈妈是个十足的怨妇。"木木叹息道。

打木木记事起，她妈妈就一直是全职家庭主妇。弟弟和弟媳在北京工作，爸爸偶尔会外出打工，所以妈妈一个人在家的时候居多。

木木的妈妈是远嫁，因此不太注重和爸爸这边的亲戚走动。后来又因为一些琐事，得罪了几个邻居，久而久之便没什么朋友了。见了木木就像见了大救星，迅速开启抱怨模式——一天到晚和她各种絮叨。因为生活相对空虚,并没什么新鲜话题,所以说的都是陈芝麻烂谷子的事儿:什么当年结婚的时候婆家没给置办像样的家具、怀孕后和公公婆婆吵架被迫搬到了老房、还没出月子就和公婆大伯吵了一架、后来盖房怎么跟邻居闹了矛盾……总之能把结婚三十年经历的糟心事从头到尾全说一遍。最郁闷的是,这些旧事都不止说了一遍,而是每次见了木木都要说一遍。

木木烦不胜烦,并且深感诧异。因为在她看来,妈妈过的简直是神仙般的生活:老家的地都承包出去了,家里只喂了一头猪,养了几只鸡,院子里种了些花花草草,妈妈的主要工作就是喂猪、喂鸡、浇花剪枝,快的话一小时内就搞定了。她平时一个人带孩子,一天到晚忙得恨不能三头六臂,妈妈的日子是多少人羡慕的田园般的生活,却偏偏怨气冲天。

木木继续透露,妈妈和爸爸是年轻时打工认识的,当年为了嫁给爸爸,一度和家人断绝了关系。结婚后,却发现生活没有自己想象中美好,于是开始嫌弃爸爸挣钱少、窝囊,逐渐怨气越来越重。木木出嫁后,妈妈一个人更加寂寞了,希望老公能对她关心体贴一点儿。可是这么多年来,夫妻之间的感情早被她的抱怨消磨殆尽,关心体贴谈何容易。

木木小时候很同情妈妈,觉得妈妈可怜。长大后却发现可怜之人必有可恨之处,她说:"本来感觉老家空气好,打算住两周再回去,可妈妈天天这样和我抱怨,我分分钟不想呆了。你说我妈是性格有问题,还是一天到晚没事闲的?"

木木说完,我深深地叹了口气。因为前不久,有一个读者也和我吐槽自己的妈妈是个怨妇。

2

这个读者正在读高二。她说,妈妈总是口出恶言,从不知赞美为何物。她不知道要怎么做才能让妈妈满意。

和我倾诉时,她干脆直呼妈妈为怨妇。她举例说,有一次妈妈让爸爸下班后买一袋米,结果爸爸忘了。于是,妈妈开始各种抱怨,说爸爸从不操心家里的事,让做什么事都忘记,迟早有一天会被爸爸气死……爸爸见状马上下楼去买米了。妈妈依然喋喋不休地说:"你爸这个人,从我认识他就这样,没有什么事他会上心……"她反驳说:"妈,你不也有忘记事情的时候吗?爸爸都已经去买米了,你还继续唠叨有意义吗?"

妈妈才不管有没有意义,转而开始炮轰她:学习不好,也没什么特长,人又懒,天天就知道打扮……又说到自己白天要工作,回家还要做饭,牲口都没有这么累的。"我上辈子造了什么孽""你们没有一个让我省心的"之类的话一句接一句地往外冒。

她说很后悔没跟爸爸去买米,出门躲个清净。"如果有一天我离家出走,肯定是因为受不了我妈。"这位读者说。

家中有一个怨妇妈妈,的确很让人头痛。我很同情这位读者,但我也同情那位每天身陷怨妇情绪却不自知的妈妈。是这样的,很多怨妇并不知道自己是怨妇,她们从来不觉得自己有问题,而是觉得全世界都欠了她,全世界都对不起她。那么,怨妇是如何炼成的?

3

世界太狭小。如果一个女人一天到晚只围着老公、孩子转,和同事、朋友聊的也是这些话题,那么她的世界会越来越狭小。如果再不善于调整,那么难免就会成为井底之蛙。

太闲。人的很多毛病都是闲出来的。据我所知,很多家庭主妇都是超级怨妇,还有一部分虽然不是全职家庭主妇,工作却不是很忙。因为闲,所以开始琢磨算计、胡思乱想。当然,也有一部分全职主妇活得无限精彩,而且不得不承认,把日子过得很美好的家庭主妇活得都非常充实。

过度牺牲。一个粉丝曾说她妈妈好几年没出去旅游了,因为觉得家里离不开自己。这个姑娘说,妈妈是那种事无巨细都要亲力亲为的人。一大早起来帮她和爸爸准备干净衣服、做早餐、打扫卫生,什么都要大包大揽,把自己和这个家紧紧捆绑在一起。她感觉妈妈是过度牺牲了,一方面觉得这个家离不开自己,另一方面又因为付出太多心生怨意,于是变成了超级怨妇。

此外,怨妇之所以能形成还有一个重要因素——老公不太给力。老公做甩手掌柜,不承担家庭责任。比如不太参与育儿,不太做家务。很多事情女人只好自己动手,这种情况下也容易打造出怨妇。

怨妇给家庭带来的负面影响绝对是不可忽视的。如果家里有一个超级怨妇,毫不夸张地说,这个家就没法待了。怨妇会把心头聚积的负能量传给爱人,还会使孩子的心灵变粗鄙,因为她们从来看不到美好的事物和事情美好的一面,她们会用自己挑剔之眼,过分夸大事情不美好或闹心的一面,让人分分钟想远离她。

4

作为一个女人,我想没人想成为怨妇吧!我们当然也会唠叨,也会发牢骚,但也要反省自己,不要成为老公、儿子心目中的怨妇。我们希望老公眼中的自己,自信、美好、温柔;我们希望儿子眼中的自己,优雅、淡定、强大。

是的,不要成为一个怨妇,不要成为孩子和老公心目中神烦的存在。

我们是妻子、妈妈之前,我们首先要是自己,是一个人格独立的女人。不要成天围着老公、孩子转,更不要过度牺牲,学会放手,去接触更广阔的人生。

其次,让自己充实起来。工作、看书、学习、运动……只要是喜欢的事情就坚持去做。心情不好就去跑步,怀疑人生就去读书。

再次,让自己活得丰富多彩,培养自己的兴趣爱好。爱好是你心灵的一扇窗,可以让你从世俗生活中解脱出来,进入一个更深邃也更宽广的世界。

最后，建立自己的交际圈子，多出去走走。和朋友们喝喝茶，聊聊天，烦心的事自然会少很多。此外，我们来到这个世上，要去嗅一嗅花的芬芳，看一看美丽的风景。世界那么美，你要去看看。

没有人生来是怨妇。当你开始热爱生活，关注自己的内心，每一天都把日子过得闪闪发光，怎么可能会成为怨妇？

让我们一起努力，成为美丽自信的女人。

03

你是妈妈，更是自己

1

被拉入大学同学群后意外地发现，群里好几个女生的昵称都是"××妈妈"，以至于我怀疑是否误入了某个母婴群。诚然，毕业近十年，大多数女生都做了妈妈，可是真的有必要以"××妈妈"自居吗？

有人说这是爱孩子的表现。说到爱孩子，这世上少有不爱孩子的女人。可是你看姚晨，生下小土豆后，并未改名为"土豆妈妈"，范玮琪算是晒娃狂魔了吧，也并未以"飞飞翔翔妈妈"自居。我觉得把自己定位为"××妈妈"是件很危险的事，很容易找不准自己的位置。女人有多种角色，女儿、妻子、职员、母亲以及自己。

诚然，妈妈这个角色，是女人诸多角色中非常重要的一个。孩子让你体验到初为人母的喜悦，也让你见证了一个小生命从孕育到诞生的全过程，更让你重新认识到生命的本质。可即使这样，也请不要把这个角色的分量看得过重，不要让它成为你唯一的标签，从此蜷缩在这个标签后生活。

2

我有好几个朋友，生完宝宝后做了全职妈妈，她们不但以"××妈妈"自称，还曾和我吐槽，"当妈妈就是我的全部生活"。

"当妈妈"的确成了她们的全部生活，不但把头像换成了宝宝的照片，朋友圈也成了晒娃专属领地。其中有一位晒过一次网购账单：老公的运动鞋、孩子的尿不湿、婆婆的眼霜，唯独她自己什么都没买。这位朋友还配了一句话："一千多大洋，没一分钱是给我花的，看我现在这地位。"还配了个"大哭"的表情。

可是造成这种局面，到底怪谁？还不是因为你一天到晚只想着孩子，忘了宠爱自己？将妈妈这个角色看得过重，除了容易失去自我，还容易产生一个弊端：患得患失，生怕孩子不爱你，到最后与其说孩子依恋你，不如说你更依恋孩子。

有个妈妈就是这样，一直全职带孩子。一到假期就带着孩子一起回老家，孩子和爷爷奶奶相处得很好，还说"不回家了"；她听后特别伤心，感觉孩子被爷爷奶奶"抢"走了。产生这种奇怪的想法，无非是因为自己过于患得患失，摆不正孩子和自己的关系。

还有的妈妈把孩子看得比老公还要重，那就更大错特错了。因为无论什么时候，夫妻关系都应置于亲子关系之上，把孩子看得太重，冷落老公甚至忽略老公，都会容易导致夫妻失和。

话说回来，你连自己都不爱，又如何教孩子爱自己呢？

在我们的诸多角色中，无论是女儿、妻子、员工，还是母亲，都有可能背叛你。失去这些头衔，你一生都要扮演的角色，其实是你自己。这也是女人一生中最重要的角色，也是你唯一不能放弃的角色。

3

的确，孩子两三岁前，是可以把一个人的生活全部填满的，很累但也很幸福。可如果只满足于妈妈这一个角色，那么孩子长大一些后，不再像从前那么需要你，你怎么办？

一位妈妈告诉我，孩子上幼儿园后，被小朋友抢占的时间大多数又重新回到了她手中。以前总抱怨没时间做这，没时间做那。现在时间有了，她却不知道做什么好了。她感觉被抽空了一样，一天到晚没着没落地只盼孩子放学回家，甚至连做家务都懒得做了，情绪非常低落。老公建议她去找份工作，可这三年多的"漫长假期"里她压根没考虑过提升一下自己的含金量，一切从头开始，谈何容易？后来她老公看她有点不对劲儿，于是带她去医院检查，被诊断为轻度抑郁。

　　你看，这就是一直以"妈妈"自居和只做"妈妈"的后果。当你的生活重心全部是孩子，没了自己时，那么一旦孩子不像从前那么需要你，你会极其不适应。

　　爱孩子固然重要，陪伴孩子成长也很重要，可是千万不要让妈妈这个角色成为你的全部。毕竟我们只能庇佑孩子十来年，正像龙应台在《目送》中所言："所谓父女母子一场，只不过意味着，你和他的缘分就是今生今世不断地在目送他的背影渐行渐远。你站立在小路的这一端，看着他逐渐消失在小路转弯的地方，而且，他用背影默默告诉你：不必追。"

　　当然不是说可以把自己该尽的责任丢给老人，而是说你既要做妈妈，也要做自己。

　　我记得三年多前刚生下小又的时候，加入了一个母婴群。有一位妈妈特别励志，她当时要考一个职业资格证，必须去北京学习一段时间，当时孩子七八个月大。常人在这种情况下，要么选择放弃这次学习的机会，要么选择把孩子丢给老人独自去。可是她不，她让她妈妈带孩子和她一起去北京。很多亲戚表示不理解，学习就两三个月的事儿，让妈妈带孩子一段时间又能怎么样？

　　她当时是这么回答的："作为一个妈妈，带孩子是我的责任，可我不仅仅是一个妈妈，我还要为自己的将来考虑。我妈肯大老远陪我来北京学习，我非常感激，我知道这样我们都累。可如果她不肯来，我会考虑去家政中心请个保姆。因为我就是这种两全的性格，既要为自己考虑，也要为小孩考虑。"

那时我刚成为妈妈，我很高兴和这个妈妈在同一个群，我也是从那时候开始为自己的将来打算，没有放弃自己热爱的文字。

4

我以前的同事莉莉，生孩子前生活非常丰富多彩，每天运动、看话剧、听音乐会、远足，偶尔还去博物馆做志愿者。当时她颇瞧不上我们这种一切以孩子为中心的生活，还笑我们是"孩奴"，还曾红口白牙说自己有了孩子后，绝不会像我们这般失去自我。

当时另一个同事"切"一声说："有了小孩儿你就知道，自我就是狗屁。"

但莉莉并没打了自己的脸，生完小孩儿后，虽然也是做了全职妈妈，但还是照常和姐妹们约会，看话剧、听音乐会、远足一样也没耽误。

我敬佩她有了小孩儿后依然可以穿着晚礼服，挽着老公的胳膊去约会。问她是怎么做到的，她说："首先自己不抱着有了孩子，这些活动尽可能不出席的念头。如果一开始有'算了吧'的念头，你自己当然就会放弃；其次有些活动是可以带宝宝去的，实在不行就托人帮看孩子。我始终觉得，做妈妈重要，可是做自己也很重要。"

是的，很多时候并没有人逼你放弃自己丰富多彩的生活，是你因为母爱泛滥，主动选择放弃了你原有的生活。生完孩子后，你的生活质量如何，关键看你的选择是什么，无论是我刚提到的那位励志妈妈还是莉莉，她们能活得这么多彩，是因为有底线的：我绝不让自己沦落为生活里除了孩子还是孩子的女人，我要有自己的生活，我是妈妈，我也是我。

这不是自私，而是不忘初心。做妈妈很重要，可是没有自我的"妈妈"是很可怕的。女人们别总以"××妈妈"自居，你是妈妈，你也是自己。

孩子只会陪你一段路程，那个叫"自己"的人，才会陪伴你终生。

04

对不起，
我是你老婆，不是你妈

1

不，我不是说不愿意生孩子，而是说拒绝做老公的妈妈。因为我发现好多男人找老婆就是为了找妈。

那天CICI跟我吐槽她和老公小陈之间的糟心事。小陈半个月前就说要写年终总结，截止日期是上周五。然而，一直到周三他都没动笔，而是在那儿打游戏。CICI善意地提醒他周五要交总结的事，他却大手一挥："安啦，还有一天，明天再写。"

结果，周四那天小陈上午开会，下午又被外派参加活动，晚上必须写一份活动捷报。做过捷报的人都知道，这个活儿非常琐碎，一个晚上能做出来就不错了。然而，此君还有一份年终总结没有动笔。

"亲爱的，你帮我写年终总结吧，我真的是没办法了。"小陈可怜兮兮地望着CICI，撒娇带卖萌，"不需要多少文采，你从网上给我拷贝一份，随便改改就成。"

"可我并不想帮他，我提醒过他抓紧时间写，他却只管打游戏，坚持说来得及，最后又让我来写，我真的好气。"CICI继续和我说，"不帮他吧，好像我非常计较；帮他吧，我又觉得憋屈。"权衡了一下，她还是帮小陈写了，因为心疼他，毕竟他还要为了一个捷报熬夜呢。

"如果你是我，你会帮忙吗？"CICI问我。

我想了想，告诉她我不会帮。第一，CICI已经提醒了他早点写完，可此君宁肯打游戏也不写。虽然做捷报是突发性事件，但是作为一个成年人，难道不知道生活中充满各种变数吗？为了杜绝此类事情的发生，更应当提前动手才是。第二，自己计划不周造成的后果，应当自己承担。可以找领导解释，求得宽限，也可以去一些网站方找文案代理。总之，这个烂摊子让老婆收拾，我觉得非常不妥。

遗憾的是，这种时候很多女性还是会在老公可怜兮兮的请求中，没有原则地选择帮忙。这正是给男友做妈的表现。

2

上小学时最喜欢的是寒暑假。对待作业，我发现班里的同学可以分为三类：有的孩子会早早写完，有的孩子会按计划一天写一点儿直至写完，还有的不到最后几天绝不动笔。

我邻居壮壮就属于不到最后期限绝不动笔的那类。开学头一天晚上还在写呀写，一边写一边哭，因为他压根写不完。于是他妈妈——我唤做程姨，就帮他写。

"孩子实在太可怜了，自尊心又强，他不写完不会睡的，我不帮他有什么办法？"那时候我还小，但依然听出了不对劲儿，感觉这是程姨监督不力造成的。程姨不但不找自己的原因，还主动帮壮壮承担后果，甚至帮他去跟老师解释。于是壮壮每个寒暑假都是如此。

现在我们都已成年，但据说壮壮的内裤和袜子还是程姨洗；程姨还曾帮壮壮抄"两学一做"的笔记，真是个"伟大"的妈妈。可我真心觉得程姨这妈妈做得有点"责任不清"，甚至憋屈。

没错，妈宝男都是惯出来的。这些被惯坏的妈宝们，名义上是找女朋友，实际上却是找"妈"。

我认识的一个女孩就是因为不愿意当妈，打算和男友分手。她说，她和男友同居，做饭做家务都是她的活儿。她不提醒男友，男友就不洗澡，不换衣服。她说他们刚在一起时，仗着爱得炽热，恨不得连饭都喂到对方嘴里。帮他做了很多事，不但不觉得是一种负累，反而觉得甜蜜。后来由热恋期转入平淡期，她开始感到不堪重负。郁闷的是，男友却早已适应自己有个"妈妈女友"了，对她极其依赖，用她自己的话说是"已经惯出毛病来了"，想纠正时却发现十分困难。

恋人时期的相处方式，很容易决定婚后的相处方式。一定意义上，它奠定了婚后的相处模式。恋人时你付出较多，婚后很容易继续延续这个习惯，变身为保姆式妻子。

3

朋友的表妹就很好地证明了这一点。还没结婚时，有一次她去婆婆家，婆婆正在全副武装打扫卫生，彼时她男友正坐在沙发上玩手机，她见婆婆正踩着方凳掸门框上的灰，于是她招呼男友："别玩手机了，快过来帮忙。"男友还没动弹，婆婆却抢先说："男孩子哪能做好这些事情，我从来不使唤他的。"

表妹一听就炸了：婆婆大人这话到底在暗示什么？他是男孩子，所以这些事他肯定做不好，所以我最好也别指望使唤他？以后全部家务都归我做？

事实证明，她的预感非常准。两人结婚后，老公不但从不做家务，连袜子、内裤也都不洗，还说这些都是他妈帮他做的："你帮我洗吧。我爸的内裤都是我妈帮忙洗的。"

表妹感到非常郁闷，说："你是你妈生的，我就不是我妈生的了？你要么自己洗，要么就穿脏一条扔一条。我反正是不帮。"

老公跟看怪物一样地看着表妹，说："你不是爱我吗，做这点儿事都不愿意?"

表妹当时就特来气,反驳道:"你不也爱我吗,你怎么不帮我洗呢?再说爱你就得为你当牛当马吗?"

该男回答:"我是男的。"

真没夸张,他真是这么回答的。这绝对是重症妈宝男——晚期的!

有时候从妈妈式女友变身为妈妈式老婆,真的不用怎么过渡,就这么简单粗暴。

4

相亲节目里,很多男性找女朋友时都会提出明确要求,如希望对方会做饭、擅长打理家务。现实生活中亦是如此。我以前的同事相亲无数次,经常被直白地问会不会做饭。她说她的回应共经历了三个阶段——开头姿态很低地说自己会;后来会反问你会吗;到现在她则干脆地回答不会。

事实证明,大多数问她这个问题的男生自己都不会做饭,所以希望她可以帮忙做饭。但在得知她也不会做饭时,脸上明显带着失望之情。因为他们目的很明确,希望对方婚后可以像妈妈一样照顾自己。

在旧社会,男人是家庭收入的主要来源,男主内、女主外,只要你情我愿,未尝不是一种稳定的相处模式。现在呢,女人已经逐渐走向职场，挣钱并不比男人少，然而很多男人对女人的要求还是上得厅堂，下得厨房，钱一分不少挣，做饭、家务还要样样精通，否则就被嫌弃。

钱我挣得不少，饭我做，衣服我洗，家务我全包，孩子我来生，请问我为什么还要结婚呢？

我爱你，不意味着我应该做牛做马，给你做饭、洗衣、洗内裤。爱是相互的，责任也是对等的。要求对方之前，请先主动付出。

请不要用爱来要挟我，爱不意味着责任不清、无限纵容、大包大揽。

说到底，你要找的是老婆，不是妈。

05

如果糟糕的婚姻状态无法改变，怎么办

Z姑娘很认真地和我说，她不想过了。

这个"不想过"，是指不想和Z先生一起生活了。导火索是他们的女儿发烧了，那天是周日，西安下了很大的雪。于是Z姑娘想让老公去买退烧药，Z先生一般十一二点才起床，好不容易叫醒，他说："我还没睡够呢。"然后翻个身继续睡了。

终于，Z先生醒了，买回退烧药，然后一直不停地抱怨Z姑娘，嫌她没带好孩子，还得他本尊帮忙伺候孩子。我猜Z先生说话肯定没我说得好听，应该是帮她擦屁股一类的鬼话吧。

知道Z家离药房多远吗？五百米不到。再补充一下，她家住二楼，水平距离五百米，垂直距离也就二十多米。听Z先生的语气，好像他是

豁出去性命冒着枪林弹雨去敌方阵营为亲闺女买的药。然而也就是下了个雪而已。

Z姑娘和我说这些时,我比她还要愤怒。我是个暴脾气,我猜这事儿要是发生在老秦身上,我会撕了他。如果一个男人得知自己的孩子在生病,连最原始的欲望——困都无法克服,要睡到自然醒才能去给孩子买退烧药,那么除了"人渣"我找不到更合适的词。

Z姑娘对她先生、对婚姻都已经失望透顶,不是说一点感情都没了,而是被伤透了。

其实有时候我会想,如果你嫁的人可能一辈子就这样了,无法变得"更好"或者换个说法——无法和你一起在婚姻中成长,我们应当怎么办?

那天还有个姑娘和我聊天,说她和老公是相亲认识的。她老公自私、爱说谎话,脾气也暴躁,对她和孩子极没耐心,动不动就吼,从来没有好脸色。她想过改善这种状况,但完全无能为力,没离婚只是因为考虑到无法争取到孩子的抚养权。

武志红老师经常强调夫妻关系在家庭秩序中应当放在首位,亲子关系应当放在第二位。像我文中提到的两位妈妈,我猜是无论如何也做不到把夫妻关系放在首位的。遇到这种男人,如果脾气不好的,大约会天天吵;认命些的,可能会无望地隐忍,男人指望不上,只能靠自己,生生把自己逼成了女汉子。

前几天看到一段戳心的话,据说是孙红雷讲的:"自己喜欢的女人,无论她犯多大的错,她开始哭的一刹那,就都是我错了。"很多女人想要男人的态度都该是这种,被宠爱、被呵护,可现实往往是你被气哭了,他却没事人似的,感觉你就是个神经病。

婚姻状况无法改善,这的确是件头疼的事情。如果女方暂时没有经济能力,这种情况下选择离婚,孩子通常会判给男方。而对于很多女人来说,得不到孩子无异于要了她的命。所以,很多时候女人为了孩子都会选择隐忍。何况如果你真要离婚,第一个反对的估计是自己亲爹亲妈:哎呀,这是你自己的选择。你当时选择他的时候,难道不知道他这些缺点吗?更何况人无完人,凑合过吧,孩子大点就好了。

孩子大了,就会好吗?的确孩子大了,你不再像现在这样那么需要他。可遇到孩子生病,他却呼呼大睡,不闻不问,再要强的女人也会偷偷落泪的吧?更令人伤心的是,孩子还是他亲生的。

我婆婆对婚姻的态度是,除非摊上了个混球,否则凑合过呗。我婆婆指的混球是家暴、拈花惹草、吸毒、赌博成瘾、偷窃等这些恶习成性的人。注意,是成性。在我婆婆看来一两次红杏出墙,是可以原谅的。这么说吧,我婆婆眼中的混球,是公众舆论眼中的社会边缘分子,就差公安局出手惩恶扬善了。

而我们抱怨的那位,显然是不会到这个份儿上的,顶多就是自私、脾气不好、不管孩子、懒惰、爱玩游戏、不成熟,大不了再加上诸如情商极低、虚荣、爱撒谎。这些在外人看来,真的只是普通人都会有的小缺点。何况这些缺点他不可能都占全了吧?听上去好像真没什么大不了的，可是相处起来，这些小缺点却分分钟让你没好气，甚至把人逼到崩溃的边缘。

的确，爱情会夸大优点、淡化缺点，而婚姻却会夸大缺点淡化优点。凭什么我当初瞎了狗眼，一辈子就必须睁只眼闭只眼，被这么个男人恶心下去？

我婆婆就遇到了这样一个男人：自私、任性，现在六十多岁了，每天打麻将打到晚上十二点才回家，只要有一点儿不开心，马上吊起来一张脸。你说这个人不好，他肯定不是大奸大恶，外人对我公公评价还很高——幽默、风趣、热情等。可是作为他的妻子也就是我婆婆就很为难了，动不动被气得恨不得一头撞死。可是讲真的，这样隐忍的婚姻，真是一辈子伤心伤肺。

前阵子看了本书叫《夫源病》。"夫源病"是指源于丈夫的病。书中说99%的女人都有"夫源病"。作者写这本书也许旨在讨好女人，但是我婆婆很认同这种观点，她觉得她的病都是我公公气出来的。

遇到这种男人、这种婚姻，我知道劝她们去进行有效沟通，让她们努力去改善，是不现实的。因为我太了解刚才说的故事里的男人了，尤其Z先生。他们安于现状，懒惰成性，颇有些死猪不怕烫的感觉。

我只能告诉Z姑娘，现在唯一的办法是暂时隐忍，丰满你的羽翼，想办法让自己强大起来。这个强大是指内心的强大，只有你自己强大起来了，才能保护孩子。

然后就是好好挣钱，挣很多很多钱，让自己经济独立起来。经济基础决定上层建筑。有钱了，说话才会硬气。当然，如果你老公很爱你，就算你毫无经济收入，你也会活得很有尊严，所以本文只针对经济不独立且婚姻无望者。

有钱了，你才"敢"，才会"无惧"，才会让孩子衣食无忧，才可以一脚将渣男踢开踹远，同时送他两个字：滚吧！

06

看你的朋友圈，
好想和你谈恋爱

1

那天老秦的朋友阿弟问我和青菀熟不熟。

青菀是我以前的同事，不但很熟，而且很要好，她是个略文艺的姑娘。我说："熟啊，怎么了？"

"她在生活中是什么样子的？"他问我。

我略想了下，问："这问题太笼统了，你到底想表达什么？"

"她生活中的样子和朋友圈中的样子，符合度是多少？"

"她朋友圈和真实生活的样子差不多吧。"

青菀是个热爱生活的姑娘，她喜欢读书、热爱大自然，尤其热衷烹饪。她一天在朋友圈会发一到两条信息，分享的内容大多清新而美好：

上班路上邂逅的一株叶子奇怪的小草，楼底下眯着眼睛晒太阳的流浪猫，甚至刚从菜市场买回来的新鲜蔬菜。我特别喜欢看她的朋友圈，因为总是能发现美的或者好的事物。

至于阿弟是怎么知道青菀的，还要托我的福。上个月我们准备组织个同城线上活动，我就建了个小群，把阿弟和青菀都拉了进来，后来他们互相加为好友，但是一直没见过面。

"她是不是没有男朋友？"

咦，难不成这小子对青菀有什么想法？我老实回答："待字闺中。"

阿弟开心地咧嘴一笑："那就好。"

"不会是喜欢上人家了吧？"

阿弟是个坦诚的人，和我直言："关注她朋友圈有段时间了，特别喜欢看她在朋友圈发的内容。你注意到她昨天分享的晚餐了吗，其实那是很简单的一顿饭：一块点心、几片水果、一个水煮鸡蛋、一碗麦片粥。她把这四种食物放在四个不同的碗碟里，每一样都很精致，连桌布也都很有质感，莫名就让我怦然心动，感觉这是个认真生活的人，特别想认识她。我知道这念头有点儿疯狂，毕竟我都没见过她，可是看她朋友圈，真的好想和她谈恋爱。"

听阿弟这么说，我其实蛮开心的。我很乐意促成这一对，于是问阿弟："要不要帮你牵个线？"

阿弟忙摆摆手："谢谢浅姐，我相中的姑娘，我自己追。"

哟呵，有志气，我祝阿弟马到成功，同时也觉得这件事颇值得玩味。

2

"看她朋友圈，真的好想和她谈恋爱。"我觉得这是对一个认真生活的女孩子的一种意外的奖赏。

前阵子，有人要给我表弟介绍对象。现在大家做媒的方式都很偷懒，一般让两个人互相加个微信就撒手不管了。

我表弟加了那个姑娘的微信，然后把她的朋友圈从头到尾看了一遍。他把她和同事聚餐的照片、K歌的动态、参加化装舞会的定妆照以及各种各样的花式自拍全翻了出来。坦白讲那姑娘算中上姿色，但凡爱发自拍的，要么自我感觉良好，要么对自己长相比较自信。

我表弟看一遍这姑娘的朋友圈后，果断决定不约了。问他为啥，他说看这姑娘的朋友圈，就没和她谈恋爱的欲望。他感觉这姑娘是个耐不住寂寞的人，非常浮躁。朋友圈里要么和朋友一起玩，要么在发自拍，没有一刻在享受独处的美好。

"我还发现她自拍的时候，房间里总是乱七八糟的。我是处女座，受不了不爱整洁的女生，我们将来相处起来，肯定会不愉快。"

事情就这样吹了，我当时还挤兑表弟："连见面的机会都不给人家，活该你单身。"

但是事后细思感到有点儿害怕。微信好友时代，除非你刻意伪装自己，否则朋友圈里分享的照片、文章或者三言两语的感悟，基本可以拼凑出你生活中的样子。当然，一直伪装也不是不可能，但仍然会有些你不太注意的小细节暴露真实的你。比如表弟提到的那个自拍时家里很凌乱的姑娘,能容忍房间凌乱只能说明她习惯了家里乱糟糟。所谓"久入鲍鱼之肆,不闻其臭",就是这么个道理。

而那种一向讲究生活品位,对自己有要求的姑娘,她们在朋友圈发的内容也会美好得不像话。我认识一个80后姑娘,她是个特别有品位的人,她的品位不仅仅是物质上的,还包括精神上的。她很喜欢逛博物馆、美术馆等地方,同时爱看电影、看话剧。偶尔会在朋友圈推荐某某博物馆有个展览很好看或者某某小剧场有个话剧值得一观。你按她的推荐去看,保准不会失望。

她的朋友圈简直就是一张文艺地图。因为微信好友太多,我现在已经不太刷朋友圈了,但每过段时间我就会翻出她的朋友圈看一看,因为她在朋友圈发的内容特别好看。而想让你的朋友圈"好看",你首先必须活得"好看"才成。无疑,我这个朋友就是活得特别"好看"的人。

经年累月认真地生活,坚持自己的爱好,把美好当成生活不可或缺的一部分,这其实并不容易,你必须对自己有要求才成。当然,她坚持这种生活方式并不是以吸引谁为目的,更多地是为了自己,你若盛开,管它蝴蝶来不来。

3

当然,也有的人可能不爱在朋友圈发信息,有可能是为了保护自己的隐私,也有可能是其他原因。一年前有一个女孩因为工作关系加了我的微信,加上后这姑娘特地和我解释:"你看我朋友圈可能什么也看不到,我并不是屏蔽你了,我只是从来没有在朋友圈发过信息。"用她自己的话来说,她活得有点儿"乏善可陈"。

而生活中很多人非常擅于经营自己的朋友圈,也有人打趣"但愿朋友圈里那个人真的是你"。但是,只要不是刻意伪装自己,刻意欺瞒他人,将生活中积极美好的一面展示出来,有什么错吗?

我一直喜欢和那种朋友圈内容丰富的人交往,他们总是能发现生活中美的一面或者积极的一面。我总感觉和这样的人在一起肯定生活很愉快,生活中的他们肯定也会将自己的负面情绪甚至对生活的抱怨与不满隐藏得很好,和这种人在一起一定很轻松。

在下定决心和某个人在一起之前,仔细推敲一下她的朋友圈,是个不错的选择。如果看过她的朋友圈,依然好想和她在一起,那么就好好珍惜吧!

07

夫妻之间争吵，
大多源于不好好说话

1

阳光底下并无新鲜事，就像夫妻吵架拌嘴，吵来吵去，似乎永远都是那一套。

昨天是我和老秦成为合法夫妻八周年的纪念日，然而，我们却在纪念日吵了结婚后的第 1801 次架。说出来，真是鸡毛蒜皮的小事儿。

这几天咸阳天气闷热，老秦想开空调，我说可以开，但你自己去小房间开，因为我怕冷。老秦对此并无异议，独自去小卧室"安营扎寨"了。晚上我例行跑步，张小又同学于是跑去空调房跟老秦玩，一会儿他跑出来说要玩"火山爆发"。

我去厨房拿面粉和面，发现老秦中午泡着的锅还没洗，于是喊他过来洗，之后我就去洗澡了。进了洗澡间，猛记起要给张小又烧洗脚水，于是喊老秦去烧。叫了两声，没听见他吭声，只听到厨房里传来单田芳说评书的声音。

我以为他没听见，于是加大了分贝，继续叫他，然后便听到一声怒气冲冲的"干啥"。这让我有点懵。我不知道自己做错了什么，让他以那种语气和我说话，我怔在卫生间里，随口反问："谁怎么你了？你这样和人说话。"

"有什么事情你直接说，喊什么喊？"老秦继续吼道。

原来我第一次叫他，他就已经听见了，那为什么不能答应一声呢？为什么非让别人一而再，再而三地叫你呢？

我忍不住说了一句："你这样和我说话，是希望我怎么和你说话呢？"

就在几分钟前，老秦拍了我给张小又做的面粉火山的照片并发到群里，还耐心地对群友们解释火山喷发的原理。可是为什么一转身就对我——他的妻子，那么硬邦邦地，像掷钉子一样地说话呢？我实在是很费解，难不成因为我让他洗锅？那一刻我蓦地想起一句话：别把糖果撒给路人，别把枪口对准家人。

我不知道这之后老秦的心情怎么样，我的心情是非常糟糕的。后来我们也没沟通，因为他在空调房睡的，而我带着又又在大卧室睡的。

今天早上他出门上班前，我很郑重地说了一句："如果你以后再吼着说话，我也就吼着和你说话，咱们就一直用吼的吧，都别好好说话了。"

2

我曾经写过一篇文章,叫《情绪不佳时的说话方式,最见一个人的教养》,也是吐槽老秦说话不怎么中听。

说话是我们生活中最普通、最平凡的一件小事。可是有的人会说话,有的人不会说话。同样一个意思,有的人说出来让人觉得很受用,有的人说出来却让人如鲠在喉,甚至恨不得当场撕起来。其实普通人家,寻常日子,夫妻之间能有多大矛盾?很多时候,发生口角或者不快,就是因为说话的方式、语气甚至口吻造成的。

我理解的会说话,不是说一个人妙语连珠、金句不断,而是他说话的态度,让人比较舒服,别人爱听、喜欢听。换言之叫作有话好好说。比如,出门前父母细心叮嘱带孩子过马路时,一定要牵着孩子的手,他们会说"好的,知道了",而不是"真啰嗦,难道我连这都不知道吗";孩子不小心把红领巾弄丢了,他们会说"下次要小心噢",而不是"你脑子喂狗了吧,这是给你买的第几条红领巾了";家里原本计划买个实木多层的书架,买回来后发现上当了,他们会说"别内疚了,下次仔细辨别就是",而不是"这是实木多层?三岁小孩儿都能看出来是颗粒好吗,笨得跟猪一样"。

两相比较,我相信大多数人都喜欢前者的说话方式,它并不需要多么高超的技巧,多么华美的辞藻,只需要多一些同情心和换位思考,说话就会让人舒服很多。遗憾的是,很多人会对不相干的人甚至陌生人说话客客气气的，又是"您"又是"请"又是"多谢"的，对最亲近的人反而非常不讲礼貌，甚至恶语相向。越是对亲近的人，难听的话就越有杀伤力。同样的话，如果是不在意的人说出来，我们大不了从此不理他。可是如果是家人的话像刀子一样向你飞来，你是躲不过去的。

3

"人家说了不要了，你聋了？"

"这么多人我怎么记得住？"

"不带脑子怎么可能记得住？"

"你TM带脑子，你TM带脑子还收假币？"

这是我买早餐时听到的年轻店主夫妇的一段对话，我不知道他们是每天都这么说话，还是偶尔这么说，反正我在一旁听着怪别扭，恨不得躲得远远的，因为他们的话里充满了戾气。

其实好好说话并不难，先扪心自问，你想让别人怎样和你说话，你就怎么说话就对了。因为一个好好说话的人，会比较容易获得别人的尊重，也会让别人对他好好说话。

家人之间，尤其要好好说话。你口口声声说爱，可是却没有耐心和对方好好说话，不是吼就是骂，我真不知道这爱体现在哪里？王小波在给李银河写的情书里，曾经这样写道："只希望你和我好，互不猜忌，也互不称誉,安如平日,你和我说话像对自己说话一样,我和你说话也像对自己说话一样。"我特别喜欢这段情话,希望我们过了热恋期也可以这个样子,你和我说话像对自己说话一样,我和你说话也像对自己说话一样,那样就会都好好说话了。

平常日子,我想对大多数人来说,并不期望对方三天一束鲜花,四天一件礼物,只要对方能够好好地、心平气和地说话就是最大的幸福。当然,我们自己也要好好说话。夫妻之间只要好好说话,争吵就会少了很多,幸福指数也会自然提升。

好好说话,就是幸福婚姻隐藏的最大心机。

第六部

CHAPTER

学会过一种不纠结的人生

有的看似平波,却细水长流;有的你侬我侬,走着走着却突然散了。说到底婚姻如水,冷暖自知。不求甜如蜜,但求刚刚好。

01

同一个世界，
同一个老公

1

上班和同事一起乘地铁，她告诉我刚刚快被老公气死了。她老公那天调休，她便让他接送孩子。结果八点半时，幼儿园老师打电话问她为什么没送孩子来。她十分诧异，明明老公有答应他去送的。她忙给他打电话，老公解释说，不小心睡过头了，正在给孩子穿衣服。她于是特别生气，送孩子去幼儿园这么简单的小事儿都能耽误，这也太不靠谱了吧？

我听后却一点儿也不觉得意外，因为老秦也做过一模一样的事情。有一天老秦下班早，我便让他接孩子放学。我也接到了幼儿园老师的电话，问我为什么家里没人接孩子。我忙给老秦打电话，他说到家后有点困睡着了。我的心情和同事一模一样：让你接个孩子都不能按点儿去，这叫啥事？还能更不靠谱吗？

同事问我遇到这种情况一般怎么处理，我说当然和他吵一架发泄不满。

"那老秦是什么态度？"

"一句话不说，通常我很生气的时候他都是一句话不说。"

"哇，老邱也是。"

"然后我就更加生气，我说，我和你说话呢。"我继续吐槽。

"他就说，你想让我说啥。"同事不由自主地接下去。

"简直是神似，难道他们是失散多年的亲兄弟吗？"我不由地追问。

"我猜有可能是，要不要拉他们去做个DNA？"同事大笑着建议。

话匣子打开后，我们全力开启了吐槽老公的模式。我说，有一天我想做土豆炖牛肉，让老秦帮忙洗菜，老秦却说："我不饿，也不想吃。"一听说他不饿，我就打算晚上再做土豆炖牛肉，只做了份简单的蛋炒饭，然后我和张小又一起吃完了，当时老秦已经呼呼大睡了。两个小时后，老秦起床开始穿衣服，我说你去干吗，他答"饿了，去外边吃饭"。我一听就气不打一处来，刚才让你帮忙做饭，你说不饿，现在却要去外边吃。

"我简直惊呆了，老邱也经常这样。其实不是不饿，就是懒，不想做饭，宁可过会儿一个人去外边吃。"

我们继续聊，发现他们还有很多共同点，比如拖地之前从不扫地，洗碗时不洗锅，让干点什么叫了半天人家就是不动……越说越像，我严重怀疑我们嫁了同一个老公！

2

心满意足地吐槽完自家老公的第二天,我就看到一篇名为《同一个世界,同一个老公》的文章,这篇文章也是对老公的各种吐槽。我惊讶地发现,不止我和同事嫁了同一款老公,原来天底下大多数女人都嫁了同一款老公,比如里边举例说:

老婆:你在网吧通宵吧,今天不用回来了。

老公:哈哈,今天对我这么好啊?

老婆出差,让老公看冰箱里的香蕉是不是坏了。

他看完之后回答说:坏了。

出差回来,烂香蕉还在冰箱里。

老婆:水烧开了。

老公去看一眼:对,是开了。然后回来。

老婆:那你在干吗?关火啊。

老公去把火关了,又回来。

老婆:关完不把水灌进壶里?

老公:那你一次性说完,害我跑三趟。

老婆:????

看完这些活生生的段子，我相信大多数女人都哭笑不得，然后还会觉得似曾相识——这不是我老公做的事儿吗？所以，男同胞们都是单细胞动物，且身兼气死人不偿命的重任吗？

3

从前我婆婆和公公吵架，经常挂在嘴边的一句话是："我的病都是你气出来的。"我婆婆的确身体不太好，但如果说病都是我公公气出来的，这也太滑稽了吧？可随着我自己和老秦相处的日子渐长，我发现，哎呀，很多时候真的是被他气得肝疼肺疼，而人家却完全跟没事儿人似的。

前两年日本流行"夫源病"这个概念。日本知名的"夫源病"专家、医学教授石藏文信从丰富的临床经验中归纳得出结论，老婆的病，90%都是被老公气出来的，这种"来源于丈夫的病"简称"夫源病"。他说："当今社会的离婚率居高不下，夫妻冷战和吵架的情况屡见不鲜，不顺心的婚姻生活会让广大女性朋友感到烦躁和焦虑。如果这样的心理状态一直持续，健康势必受到影响。"原来"被老公气出病来"这观点竟然还有科学依据？

不过话说回来，相对于老公，老婆是比较容易被气到的。我觉得之所以发生这种情况，很大部分是因为男女关注的点和思维方式有很大不同。台湾的心理学博士洪兰教授曾经以生动形象的例子用脑科学剖析男女思考的秘密。洪教授说人的大脑分两部分，情绪在右边，语言在左边。两个脑半球用胼胝体也就是"桥"连接。女生的"桥"较男生厚一些，所以情绪从左到右，再从右到左跑得更快。男生说话时左脑前区亮起来，女生说话时两边都会亮。所以女生更擅长把情绪用语言方式表达出来。同时，男生制造血清素的速度比女生快百分之五十二，这也是他们为什么调整情绪比较快，而女生调整情绪则较慢，这也是女生更容易患上抑郁症的原因。

这也就是为什么天下老公是一家的原因，因为他们的大脑构造就是那个样子的。可是如果真的被老公气出病来，是不是也太脆弱了一些？大脑结构和思维方式都是很难改变的，因此引发的一些小矛盾、小摩擦，如果总上纲上线，那生活估计只能鸡飞狗跳了。即使你们嫁了"相同"的老公，你还是会发现，有些女人幸福指数更高一些，这是为什么呢？明白了他们一根筋的原因后，我现在处理和老秦之间出现的问题有两个原则：首先我在想什么，不让他猜，想要什么直接和他说；其次需要他做什么，讲得越明白越好，比如让他帮忙买菜就直接列个单子给他。

前段时间还流行一个观点：你找什么样的人，决定了你的生活质量。但你自己的情绪如果终日受老公影响，动辄因为他做了什么而生气，那你的情商是不是低了点？无论嫁给什么样的人，女人都要努力提升自己的幸福指数，努力让自己心平气和，有意识地控制、改善自己的情绪。

记住，你快乐，孩子才快乐，家庭才更容易幸福。

02

你也不吃葱花，
不如我们谈个恋爱

1

曾经读过咪蒙的一篇文章，里边有个有意思的小故事。大意是一个男生给女朋友点了蛋炒饭，女朋友不吃葱花，男生嫌她矫情，"逼"她吃，还说了这种话："你就不能给我点面子，让你吃个饭，又不是吃屎！你至于吗？"

因为这件事，他们分手了。女孩又找了新男友，新男友每次做炒饭都不放葱花，她一直以为新男友也不爱吃葱花；直到有一天从男孩儿妈妈口中得知，他其实特别爱吃葱花。然后结论是：如果他爱你，会记得你关于吃的每一件细微的小事。他会尊重你的喜好，而不会为了自己的面子，强迫你吃不爱吃的东西。男人就应当像宠公主一样宠女人听上去颇有道理。

多年前,我曾读过顾漫的原著小说《杉杉来吃》。我这种外表 S 内心 M 的人其实特喜欢这种男主是霸道总裁的小说。让我印象深刻的一个细节是杉杉大半夜献完血,和霸道总裁一起去吃牛肉面,霸道总裁不吃香菜,杉杉便一一挑了出来,瞬间让霸道总裁怦然心动。后来彬彬成了霸道总裁的专职挑菜工,什么葱花啊胡萝卜啊豆子啊霸道总裁全不吃,杉杉就挑啊挑。当时看得我少女心扑通扑通直跳,并暗下决心——将来我也要找个肯为我挑菜的。遗憾的是,我是个从不挑食的好姑娘,难不成为了浪漫爱情假装挑剔一下?

生活从来不是偶像剧,你如果真非这种绝世好男人不嫁,你就且等吧。而且说实在的,作为一个不挑食的人和挑食的人一起吃饭,真是件闹心的事儿。

读《杉杉来吃》这部经典玛丽苏小说的时候,我还没生下又又。做了妈妈以后,我觉得挑食这毛病简直实在太难忍了。试想如果我做了一锅河北名小吃——疙瘩汤,小朋友嫌有香菜把头一扭拒食,老娘一定拿勺子敲他头:哪那么多毛病,香菜那么有营养,统统吃下去!

2

最郁闷的是,我不挑食,又又他爹老秦却非常挑食。我们刚在一起的时候，他也是各种不吃：胡萝卜、豆子、香菜……这在他眼中都不叫菜。我这种受国家教育多年的五好青年，一向认为浪费就是犯罪，便把他不吃的全部吃掉。他还不吃肥肉，每次自动挑瘦的吃，把肥的部分夹断给我吃。(原来我才是苦命的杉杉)要不是考虑到除了他可能就没人要我，我早就跟他分手了。

最奇葩的是，他不吃土豆。于我而言，无论是醋熘土豆丝、炖土豆、红烧土豆甚至凉拌土豆丝，都是人间美味，我可以一天三顿吃土豆。在我狭隘的世界观里，不吃土豆简直天理不容。

可是，为了爱情，我主动让我们饭桌上的土豆失踪了(后来才知道它们是去火星搞救援了)。但我想土豆想得百爪挠心。一个月后……我生病了。没错，我得了一种叫"再不吃土豆就会死"的病。大病之后，我豁然开朗了：凭啥你不吃土豆我也跟着戒土豆，你跟土豆有仇我却跟土豆无冤。做起来！于是我们饭桌上又有土豆，我也活得神采飞扬起来，原来还是土豆和我的胃最相配。

通过这些坎坷的经历，我已经悟出一个道理：一方为了另一方牺牲自己的饮食爱好，真的太残酷而且太没必要了。

所以回到前边咪蒙说的那个故事，你不爱吃葱花，他爱吃，做两份就得了呗。干吗一定要委屈自己的胃，难道一方为另一方委曲求全，才是真爱？是完全迁就对方不惜改变自己饮食习惯更容易做到，还是做两份蛋炒饭大家各吃各的更容易做到？过度付出的感情，不一定会更持久。

另外，男方一直迁就女方，女方却对男方的饮食爱好毫不知情，这女的是不是有点太缺乏爱情洞察力了？爱是相互的，一方用了十分力气去爱甚至委曲求全，一方却傻乎乎甚至心安理得，这样真的科学吗？

3

我年轻的时候，其实也曾抱着这种坚定的信念：我一定要找一个我爱他比他爱我多的男生。结果只是很不幸地证实梦想和现实正好相反。现实是，通常女方会觉得男方不够爱自己，尤其是婚后。为啥？有没有可能是因为当初期望值太高了呢？

前阵子曾看了篇好玩的文章——《确定恋爱关系前，我需要问你几个二百五的问题》：

1. 你觉得杨幂好不好看？
2. 梯子不用的时候要不要收起来？
3. 甜粽子好吃还是咸粽子好吃？
4. 处女座是不是世界上最讨厌的星座？
5. 喜欢郭德纲还是周立波？
6. 五仁月饼好不好吃？
7. 吃不吃香菜？

8.《小时代》好不好看？

……

诸如此类，看似无关紧要，却可能让人抓狂。年轻人真会玩，谈个恋爱都这么可爱。

换作姐来问，只需要问一个问题：结婚后工资上不上交？

上交？！

OK，别的都可以商量。

03

离那种把爱情当成全部意义的人远一点儿

1

在姑妈的强烈要求下,表妹最近开始相亲了。见了几个人后,不管对方是公务员还是律师,她都不满意。姑妈急了说:"上次那个公务员和这次的老师条件都不错,你到底想找个什么样的?"

表妹不屑地撇撇嘴,说:"你觉得条件不错,那你去嫁给他们。"

"你这丫头怎么说话呢?"姑妈瞪表妹一眼,眼瞅着母女大战一触即发,我忙拉着表妹去逛街,等她情绪稳定了,我才问:"你是不是不喜欢相亲这种方式?"

表妹回答是否通过相亲认识,她倒不在意,就算相亲认识的,她也会先恋爱后结婚,而且表白、求婚、浪漫婚礼一个不能少。

"那你喜欢什么类型呢？"我尽量避开姑妈说的"条件"，希望小我六岁的表妹不要以为我是个老古董。

"起码得有特别吸引我的点儿吧！要么很幽默风趣，要么很知性，要么很稳重。总之，至少有一个点儿让我眼前一亮。我希望他特别在乎我，我也要很在乎他；我希望我们成为彼此生命的唯一，离开彼此人生就了无意义。"

前半段说得没毛病，但"离开彼此人生就了无意义"这句话，我听着莫名感到有些刺耳。因为在我看来，一个独立成熟的人，离开任何人，都不能失去自己存在的意义。

<u>2</u>

讲个故事吧。几年前，我们班的才子小 A 和 D 谈恋爱了。小 A 大学四年最喜欢做的事情就是泡图书馆，知识非常渊博，文章还动辄见诸校报。D 虽不是超级大美女，情商却极高，人缘也超好。在我们看来，两人是极般配的。可是没多久，他们就分手了。学校生活本就枯燥无聊，谁和谁谈恋爱、分手，几乎人尽皆知，据传是 D 甩了我们的才子同学。

一天我们上体育课，小 A 突然跑过来了，还抱着一大束花。大学体育课男生和女生是分开上的，当时我们正在打篮球，女生们见此情景都特别兴奋，等着看浪漫桥段上演。果真，小 A 对 D 说："D，我错了，求求你，原谅我吧，离开你我的生命毫无意义。"

特别浪漫是吧？要搁现在，女生们肯定会高呼"在一起、在一起"了。结果 D 一脸为难地说："小 A，咱们能不能下课再说？"

我们都一愣，这明显是不打算原谅的意思。结果让我们非常震惊的一幕发生了：小 A 扑通就给 D 跪下了。（中文系是大系，所以他这一跪，真可谓人尽皆知。）他几乎是啜泣着说："D，求求你，我真的离不开你，请你再给我一个机会。"一旁一直没吭声的老师见场面失控忙过来干预，而 D 也趁机跑开了。

当时这件事轰动全校，毕竟一个男生当众给女生下跪并不常见。最轰动的是当天晚上，小 A 竟割腕了，还好发现及时，没有生命之忧，而 D 最终还是没有继续和小 A 一起。那时年轻，很多事情只看表面，我们都觉得小 A 肯定是特别爱 D 才会这样做，否则堂堂七尺男儿怎会做出下跪这种不顾尊严的举动。当时我们都悄悄议论 D 太狠心了。

后来一次偶然的机会，我和 D 聊天。D 竟主动说起小 A，她说小 A 特别依赖自己，以前他的衣服都是放假时打包带给妈妈洗，自从他们谈恋爱后，她就充当了妈妈的角色。帮他洗衣服，提醒他按时吃饭，甚至什么时候要交论文都是她反复叮嘱，以至后来 D 都搞不懂小 A 和她谈恋爱之前，一个人是怎么生活的。

"此外他还非常情绪化，他总是说他离不开我，离开我他的生命就毫无意义。他越是这么说，我越惶恐，这不是我想象中的爱情。我不要成为他的拐杖，也不要成为他的保姆，我更不想成为他的全部意义，这样真的太辛苦了。"这番话我印象极深,因为当时 D 还说,一个人的性格比才气更重要,宁肯找性格好一点的,情绪稳定些的。

现在想来,D 说小 A 情绪化应当是实情,操场上的下跪和割腕都是很好的证明。此外,当众下跪,本身包含着很强烈的胁迫意味。如果换成我是 D,也不会原谅小 A。

至于"你是我的全部意义",我们当然要彼此在意,但是绝不能让对方成为你的意义。每个恋爱中的人都必须是独立的个体,而不是寄生在对方身上。爱不是做一个茧子,将对方牢牢包住。"我如果爱你——绝不像攀援的凌霄花,借你的高枝炫耀自己",而"是你近旁的一株木棉,作为树的形象和你站在一起"。

一个人的意义不应当通过爱对方来实现。我们都应当有各自的意义,而我们在一起,这个意义应当更强大、更美好。

3

一年多前,朋友的奶奶和爷爷两个月内先后去世。朋友的爷爷是某大学的教授,他一直被奶奶照顾得很好,说他离了奶奶寸步难行一点也不夸张。后来朋友的奶奶患了乳癌,发现时已经是晚期,没撑多久就去世了。大家都很担心爷爷,毕竟他太依赖奶奶了。果真,爷爷非常消沉,一直萎靡不振,去医院检查医生说并没什么病症,让家人多陪伴。结果老爷子患了抑郁症，最后竟服药自尽了。

我几个姐妹听完这个故事后，纷纷表示更加相信爱情了。我却不这么认为，朋友的爷爷去世时才 60 多岁，学术生命还很年轻，这样结束非常可惜。我认为爱一个人应当是离开她我也可以活得很好，让她安心。如果离开她我再也活不下去，甚至追随而去，倘若生者在天有灵，又会做何感想？应当不会是很欣慰吧？

《围城》里的唐晓芙和方鸿渐分手时，曾经说过这么一句："方先生的过去太丰富了！我爱的人，我要能够占领他整个生命，他在碰见我以前，没有过去，留着空白等待我。"年轻的时候特别欣赏这句话，也想过占领一个人的整个生命。后来觉得这很不现实：第一，很少有人没有过去；第二，当一个人占领另一个人的生命，这意味着她希望自己的"意义"非常强大，成为对方的"意义"。这种压倒一切的爱，我宁肯不要。你发不了那么多的光和热，干脆离把你当太阳的人远一点儿。

你当然要他爱你，但万万不可让他成为你的全部意义。一个人的意义不应当寄托在丈夫、孩子身上，而是通过自己来实现。那种让对方成为自己的全部意义，或者妄图成为对方的全部意义的做法，其实是很危险的。彼此独立，却又互相依靠，这才是爱的正确打开方式。

04

婚姻就是有时候想打满分，
有时候想打负分

1

好友宋律师最近成了二宝爸。一次凌晨帮二宝换完纸尿裤后，他挨个问我们美妈帅爸群的群友，问我们给自己的婚姻打几分。他说满分十分，他先给自己的婚姻打了八分："本来想打九分，剩下的一分是给改善空间的。"

出乎意料的是，群里的LuLu姑娘竟然打了十一分，她幽默地说，另一分是给自己的颜值的。她感觉自己的婚姻很棒，她说："豆豆马（她老公）是我遇到的最好的人，绝对值得拥有。我觉得我的婚姻之所以打十分，是因为这是一个非常适合我的婚姻，并且它一直在可控范围内不停变化和微调，这种小变化让我觉得婚姻很可爱。最重要的我还有盛世美颜呐，因为我一直是家里最美的，所以十一分。"

梦梦同学也打了九分，她和老公的沟通一向很好。她说情人节那天，和老公约好去看《爱乐之城》，赴约的路上忽然萌生了一个念头——如果国内养小孩儿像外国一样没那么大压力，她愿意再生一个孩子（他们已经有两个孩子了）。她说："我想这应当是因为我很爱他，也很欣赏他，剩下一分也是留给进步空间的。"

我完全不敢说话。因为我不知道给我的婚姻打几分，有时候想给我们的婚姻打满分，也有时候想打负分。取个平均数的话，顶多算六分吧，突然觉得人家好甜蜜。同在一个群里，同是孩子爹妈，为什么我的婚姻刚及格，人家的却是八分、九分，甚至十一分呢？我真的好自卑啊！

这时，乐乐姑娘跳出来说："六分。"

我好想抱着她亲一口，原来我并不是最低分。但是，我印象中他们两口子相处还行，有一次一起去看话剧，乐乐的帅老公全程陪同，老秦才不可能陪我看话剧呢！

乐乐说："但也有的时候，他能把我气得昏过去。"

乐乐和我的感觉一样，有时候想打满分，有时候想打负分。我追问想打满分的时候多，还是想打负分的时候多，她笑道："差不多吧，平均下来应当有六分。"

2

这世上应当有各种各样的婚姻吧！有的恩爱有加，一直甜甜蜜蜜。有的水生火热，分分钟过不下去。但也有一部分人，诸如我和乐乐的婚姻，不太好，也不太坏，会有争吵，但也有团结一心的时候。是的，这算是及格，但绝不能算高分的婚姻。

乐乐姐姐的老公，每天早上起来第一件事是帮姐姐去买早饭，而且一买就是十年。

"这才是真爱。"乐乐叹口气说，"我老公每天早呼呼大睡，踹屁股都踹不醒他。"她说一共吃过老公准备的两次早饭，有一次自己生病，还有一次老公值夜班顺便帮她把早饭买回来了。"但话说回来，我也从来没给他弄过早餐。"

"说到底，他没做到满分，但我也没做到。他不是很宠我，但是我也没有特别宠他，这样想想也就不抱怨了。"

听乐乐说完，我想到了自己的婚姻。我曾特羡慕一个好友每天晚饭后和老公一块儿去散步，但老秦从来不肯陪我去。我要是说一块儿散步，他要么说累，要么懒得去。但话说回来，我也不爱陪他看硬汉类的电影，不肯在酒后听他没完没了地吹牛皮。

那天一个文友加我，说清浅啊，我们都是困于婚姻的人，成天鸡飞狗跳的。好像还真是这样，我和老秦好像经常为了鸡毛蒜皮的小事争来吵去。有时候我也好讨厌经这样的自己，偶尔也会羡慕别人的婚姻，羡慕别人的老公。

但是另一个朋友告诉我：你们那都不叫事儿，争吵本来就是婚姻的一部分。就算你们争吵，但没有失去基本的信任与信赖，即使争吵也会很快和好，虽然不能算甜蜜夫妻，但是却也足够稳定。

<u>3</u>

这让我蓦地想起了《激情燃烧的岁月里》的石光荣和褚琴。褚琴和石光荣婚后的日子也是鸡飞狗跳的，绝不能算融洽。石光荣和褚琴出身不同，受的教育也不同，一个是吃百家饭长大、身经百战的将军，另一个则出身于小资家庭，骨子内外都透着浪漫气息。两个人的生活观，可以说是满拧巴的：褚琴希望石光荣陪她看月亮，石光荣却认为不如看烧饼，至少顶饿；褚琴在街上挽他的手臂，他居然说大家都是军人，要注意点影响，要亲热回家亲热；石光荣对闲书不屑一顾，认为是作者胡说八道，褚琴却常常因为看小说感动得热泪盈眶。

他们吵了一辈子，也闹了一辈子。石光荣重病的关键时刻，却是褚琴的声声呼唤，才唤回了他。这一对夫妻任谁说也不能算是甜蜜的，可是却又吵吵闹闹相伴了一生。有时候我会想，如果让褚琴给婚姻打分，她会打几分？石光荣又会打几分呢？

有人说，婚姻怎么都是错的，坚持下去就对了。重要的不是打几分，值几分，而是，你们在一起到底怎么样？

有的看似平淡，却细水长流；有的你侬我侬，走着走着却突然散了。说到底婚姻如水，冷暖自知。不求甜如蜜，但求刚刚好。

05

两口子总吵架，
可能是因为你们太穷了

1

又到夏天了。不好意思，想爆粗口了。不是因为天气热，而是因为到了这个季节，我和老秦就无法一起愉快地过夜。因为我们一个是怕热体质，一个是怕冷体质。

今儿我下班，老秦和张小又正在空调房里躲凉快。话说我明明不觉得热，尤其七点半我到家的时候天气突变，眼瞅要下雨，风刮得美美的。

我于是说老秦啊，关了空调，吹自然风吧。

我家是南北通透的房子，真正的穿堂风，西北风一吹，哗里哇啦响嗡嗡，真正凉爽到爆。十几分钟后风停了，我吃完晚饭，见老秦半死不活地躺在床上，问他：咋啦？

他有气无力地说：我热。

风停了也就才三分钟，而且我明明一点儿也不觉得热。可我知道，他应当是真热，就像我是真的一点儿也不觉得热。

我们刚在一起的时候，经常为了晚上要不要开空调大打出手。他想开，我不让。绝不是因为我想省电，而是只要开一会儿空调，我就觉得冷，骨头缝里都冷。可是只要关上三分钟，老秦就会觉得热，汗流得整个人跟水里捞出来似的。——开空调吧，我受不了；不开吧，他受不了。

所以，结婚真的很麻烦，没事结什么婚？那时我们彼此都深深地以为对方自私，完全不体贴、不体恤对方。老秦于是提出夏天分开睡，他说不开空调活不过这个夏天。那时我矫情，假惺惺同意，然后只要他一去那个房间，我就说："你不爱我。你宁肯一个人睡空调房。"于是我们两个就紫薇尔康上身：我哪里不爱你了你宁肯独自睡空调房不肯陪我睡觉你哪里爱我了天这么热你不开空调让我怎么陪你睡觉。（注意要一气呵成。）

当时我有个不太成熟的想法：如果我们家有很多钱，到了夏天就找一个不冷不热的地方度假，还会因为开不开空调这样的破事儿吵吗？那时刚结婚，感情自然比现在要好，我怎么也不愿意把我们吵架的原因归到贫贱夫妻百事哀这一条上来。非要结婚七八年，被婚姻折磨得不成形了，才会得出这么深刻的结论。

2

昨儿翻看《围城》，第一章就发现特别好玩的一段。孙太太嫌老公总打牌，向苏文纨抱怨："他爸爸在下面赌钱，还用说么！我不懂为什么男人全爱赌，你看咱们同船的几位，没一个不赌得昏天黑地。赢几个钱回来，还说得过。像我们孙先生输了不少钱，还要赌，恨死我了！"

听明白重点了吗？重点不是嫌弃老公总打牌，而是打牌总输。如果孙先生总赢钱，肯定做老婆的就不但不反对，还会嘘寒问暖："打了一天牌，脖子痛不痛，要不给你买个颈椎按摩仪吧？""什么，又赢了一百万？老公，你好棒，你简直是世界上最会打牌的男人啦。""饿不饿？要不来碗鱼翅补一补吧？"

同理，我身边那些总抱怨老公打起游戏来不管孩子、不顾家的太太们，试想，如果老公玩游戏可以挣钱呢？玩一次能挣五百块，估计太太们对玩游戏这件事情，态度就会改变了吧："哎呀，你不用洗碗啦，我来洗，你快去玩游戏吧！""孩子作业我来辅导，你快去玩游戏吧！""你昨晚玩游戏那么晚，再睡会儿吧！"如果真是这样，从此大概再无太太抱怨先生爱玩游戏，还会觉得他们天天玩游戏，真是又累又辛苦，太了不起、太伟大了。

3

一天和大学同学聊起各自现状,我和她吐槽三天一大吵两天一小吵的日常,她说他们以前也经常吵,现在就不太吵了。问其原因,她说请了个保姆。

我当时都晕菜了,我说:"难道你家保姆还很擅长调解夫妻纠纷?"

她是这么回答我的:"我老公工作比较忙,很少管孩子,我也要上班,同时要照顾孩子、要做家务,心里自然不平衡,于是我们经常吵架。请了保姆后,保姆负责做饭和做家务,我解放了,当然再也不要求他做家务了。我们现在主要精力都用在陪孩子上,偶尔加班回去晚,既不用担心要做饭,也不用担心孩子没人接、没人陪,这种状态下为什么还要吵架?"

我听后豁然开朗,原来如此。细想之下,年轻小夫妇们平时吵架拌嘴,说到底主要不是因为女人嫌男人懒,光玩游戏,不做家务、不做饭?那话怎么说的,对,"酱油瓶子倒了也不扶一下"。

如果不需要做家务、不需要做饭,矛盾自动减少一大半,也就无须再吵了。

问她请保姆一个月花多少钱,她说3200。我听得啧啧称奇,原来夫妻和睦需要付出这么昂贵的代价。

她说:"请了保姆后,好处是我们两个都觉得轻松了,坏处嘛,有点月光的趋势。但是两害取其轻,我们宁可享受现在的生活,也不要辞退保姆。"

我记得老早就看过一篇文章，说中国的全职妈妈特别累，主要是因为既要管孩子，又要做家务。而国外就不一样，我们看国外的家庭剧，经常看到钟点工的身影，有帮忙照看孩子的，有负责做清洁的。分工明确，非常有职业素养，当然收费也不菲，但好在专业、靠谱。花钱买服务，其实也是一个不错的选择。

但中国妈妈就必须全部兼顾，一个人做两个人的活，所以非常累，容易滋生负面情绪，变成诸如某浅这种资深怨妇。当然，也有婆婆帮忙照顾小孩儿的，但又会产生另一个问题——婆媳问题。处得好当然万事大吉，处得不好的那种水深火热的不用一一赘述了吧？

所以你看喽，无论是我们的空调是否要开问题，还是很多家庭的家务问题，说到底无非是贫贱夫妻百事哀。

记得以前看过一句话："像你我这等屌丝，百分之八十的烦恼都可以通过钱来解决。剩下的百分之二十，可以用更多的钱解决。"当时简直叹为至理名言。所以，承认吧，很多时候我们吵架，归根结底是因为我们太穷了。

4

我朋友跟我吐槽她老公背着她买了部单反，三万六。她说她之前看中一款口红，两百多点，她嫌贵没舍得买，可她那败家老公竟然花三万六买单反,她气得肝疼,觉得老公自私且任性。她还愤愤地说:"他还和我说什么拥有一部单反是他多年的梦想,谁没梦想?我的梦想还是去环游世界呢!如果我也任性地去实现梦想,我们的房贷估计一辈子也还不完。"

听上去是在抱怨老公自私、任性、不成熟、没家庭责任感,可说破天还不是嫌他乱花钱。无非因为三万六在他们的全部资财中占的比重占太大了。如果单反的价钱不是三万六,而是三百六,她肯定不吭声。买吧,三百六算啥,碎碎个事儿。

所以,很多时候穷是咱们争吵的根源。当然,并不是说你吵架就一定因为没钱,也有可能是你不舍得花钱,这也是穷的一种表现。(被戳中的请反思。)

但听说有钱人也会吵架。我没富过,所以搞不懂人家吵架到底是为啥,求解释。

我在西安上班时,最夸张的时候路上用了两个半小时——单程!一天一共有几个两个半小时呢,我到家后简直心灰意冷,当时买车的事情终于提上了日程,可是三十九公里的路程加上堵车,就算我自己开车上班,估计也要花费一个半小时。如果我有钱,买个小型直升机或飞行器呢?或者干脆在单位附近买套房呢?我就不信我还会为单位离家远而操心。

罢了,吵什么架,还是先去挣钱好了。

06

男人出轨，
女人除了怒砸宝马还能做什么

在网上看了则有意思的新闻。深圳有一位女士因怀疑老公出轨，一怒之下砸了自家价值百万的宝马，理由是这车太脏，婊子坐过。哐哐哐，砸了二十分钟才"息怒"。报道说这位女子的丈夫是名商人，和一名年轻女子同居了。当保安联系到这名男子后，他竟慢悠悠地说："随她砸，我拿去修就是了。"

合着费了老半天劲儿，压根没戳到渣男的痛处，人家不在乎啊！你说窝囊不窝囊？看完这则新闻，很想和大家探讨一下：假如丈夫有了外遇，你会怎么办？

很多年前，师太亦舒就写过一篇文章讨论这个问题。师太说：我想我大概会哭得很厉害，不知道该做些什么。但是我决不会找那个女人大闹一顿，我甚至不想见那个女人。哭完以后，还是要面对现实，如果丈夫要离婚，便也只好离婚。伤心是不用讲的了，因为我曾经为他做过工，曾经努力过，曾经爱过。

亦舒是什么样的女子？独立要强，聪明得成精，知道感情不可强求，人家的选择是哭一哭，伤心一下而已。

但我想，如你我这般世俗女子，除了哭和伤心，估计还是会闹一闹的。

怎么闹？和谁闹？这是个问题。去找小三理论，逼她退出？不过自取其辱，为世人添些笑柄罢了。砸车烧房子，固然解气，说到底损失的财产还不是你财产中的一部分（离婚了不也得分你吗）？当然啦，有钱人和咱们穷人家对钱的态度可能不一样。在人家眼中，一辆宝马估计和咱们寻常女人偶尔使小性子摔个热水瓶没什么区别吧。

我觉得要真想闹可分两种情况：一是日子不想过了，离婚；二是只要他悔改，你还愿意给他机会，就继续和他过。

如果你不想跟他过了，那么就可以玩狠一点，虐那个人渣陈世美，怎么爽怎么来。搜集出轨证据，找个好律师争取多些补偿。那些属于离婚技术层面的东西，咱就不讨论了，咱们主讲怎么虐变心渣男。

以前读过一个有趣的故事，也是男人变了心，女人很平静地同意和他离婚。可是临走前在暖气片后边、空调里边、窗帘挂杆等隐蔽的地方塞了好多鲍鱼啊臭鸡蛋啊之类腥且臭的东西。女人离开后，房子一天比一天臭,男人不知道什么原因,实在住不下去,只好折价卖房。无须问,这套房子最后落在女人手里了。

当然,不是每个女人都玩得了宫斗,那咱就直接点儿。以这名砸车女子为例,既然老公那么有钱,估计砸个两三辆车也不心疼,那就破坏对他来说无比珍贵或有特殊意义的物件。一起生活多年,总该知道他在乎什么吧:什么妈妈留给他的手表啦,砸!爸爸留给他的烟斗,扔!初恋留给他的一撮头发,烧!他收集多年的 A 片,删!他每晚睡觉必抱的抱枕,剪!他收藏好多日本手偶,去网上拍卖,一分钱拍走,还包邮!(李清浅是个法盲,如若照做,安全起见请先行咨询律师。)

如果你还想把日子过下去,那么就不能冲动,一定要冷静再冷静。类似于砸宝马这种事一旦做出来,只会被认为疯女人,基本上你的婚姻就彻底没救了。那么,要怎么做呢?

还记得电影《失恋 33 天》里那个叫张玉兰的老太太吗?人家发现老公陈老师出轨的时候刚生完孩子,月子还没出;不巧的是,小三儿也在同一家医院切阑尾。发现老公跑上又跑下,一般女人不得气死?张玉兰就特沉得住气,还给小三儿送鱼汤,小三儿看到原配一激灵,然后假惺惺地说:"哎呀嫂子,你也住院啦,陈老师怎么都没跟我说呀?我是来做个小手术,在医院里碰见的陈老师,陈老师就一直照顾我。"张玉兰是这么回答的:"你住院老陈跟我说了,他没跟你说呀,是因为我住院是因为喜事,你住院是因为倒霉呀,不一样的,怕你心里难受,本来一个人住院就够惨淡了。不过你看我们两个真是巧哎,都是从肚子里取点儿东西出来,你取出来的那个过不久就臭了,我取出来的这个还要往大了长,你说好不好笑?"

只一局,小三儿就败下阵来,高明不高明?当然,不是每个小三儿都这么知趣、知进退,油盐不进、死皮赖脸的也不在少数。与其与小三斗智斗勇,不如想方设法拉回丈夫的心。他越是变心了咱越要对他好,还要对他妈好、对他爸好,就是要他心生愧疚,就算拉不回来他的心,至少舆论是站在咱这一边的。

千万别一把鼻涕一把眼泪地和他算账,类似于《一个女人的离婚账单》那种,这些年我为你付出了多少,我穿坏了多少鞋,你穿坏了多少鞋。我觉得对渣男来说,这些压根没用。哭诉只会加深你的怨妇形象,早就烦你烦得透透了,咋会因为一张账单不离婚了呢?

当然,男人要真是铁了心,真要投进小三儿的怀抱,咱也只能说"走好,不送",同时在心底默默咒他们不能白头。至于咱自己,找个靠谱的好律师,想方设法多拿点补偿,然后把自己收拾得漂漂亮亮的,开启新生活吧。记住,离开渣男是福!

07

到底应当找个
什么样的人结婚

1

好友的妹妹问有我有没读过一篇文章,叫《找一个精神上门当户对的人很重要》。我经常浏览公众号文章,就算没看过,也有印象。我问她怎么了,她说:"我最近认识了个男孩儿,我挺喜欢他的。原本想'十一'约他去旅行,他觉得去哪儿都人多,不如宅在家里看看书、看看电影,还说自己从来不在'十一''五一'出去玩。你说我们是不是精神上不够契合,毕竟结婚后假期还多着呢!如果每次他要宅在家里,我却要出去玩,岂不是很痛苦?你觉得这算不算精神上的门不当户不对?"

我听后哑然失笑,我觉得偶尔读读鸡汤没什么,但是拿鸡汤指导自己的生活,甚至把它当作找男朋友的标准,就有点儿……太实诚了。

作为一个读鸡汤也写鸡汤的人,我觉得鸡汤有一个特别明显的特点,那就是简单粗暴。指导婚姻爱情的鸡汤文,尤其是告诉你应当嫁个什么样的男人的文章,在我看来,还掺杂了一个特点,那就是——理想化。

　　经常在公众大号上看到指导找对象的文章,比如《找一个对你知冷知热的人很重要》《找一个随时可以说话的人》《找一个真性情的人》《找一个能让你秒睡的人》等,还有一类是这样的,《不要让和你变丑的男人在一起》《男人合不合适,吃顿饭就知道了》《男人好不好,看这一点儿就知道》,其实都是一个调调儿。这类文章不妨称为"找对象系列"。很多未婚女孩儿都会存在这种困惑,到底应当找个什么样的人?怎么才能保证一个人婚前婚后对你始终如一?

2

　　在《找一个能让你秒睡的人》中,女孩儿写自己严重失眠,两个人同居后,男友会拍着自己的背像哄小孩儿一样哄自己睡;还说自己有严重的生理痛,男友会给她按摩,煮红糖水,做饭洗衣服全包。问题是,你们都同居了,说明感情已经很牢固了,同居后你才发现他能让你秒睡,同居前的试探或者暧昧阶段,你怎么知道他会不会让你秒睡呢?恐怕只有试过后才知道。我倒不保守,但是如果他各方面都很好,唯独不能让你秒睡,是不是就要放弃这个男人呢?再者说,失眠患者毕竟是个特例,并不需要男友让人秒睡这一功能吧？

　　写那篇《找一个随时可以说话的人》的作者举例，王志文曾经大龄未娶，《艺术人生》的主持人问他想找个什么样的，他说想找个随时随地可以说话的人。作者还说："找一个你爱与之聊天的人结婚，当你年龄大了以后，就会发现喜欢聊天是一个人最大的优点。"这篇文章我倒是觉得在理儿，毕竟人生那么长，两个人有得聊至少不至于太无聊。

　　但是，能和你聊到一块儿的人就没矛盾，就不会吵架了吗？一个人不会只有"和你聊得来"这个标签，他还是立体的、多面的，而不是理想化的。和你聊得来的人中很多瞬间也会让你产生杀了他的冲动。

　　我家老秦就是一个很能聊的人，无论你和他聊《人类简史》《万历十五年》，还是聊《苏菲的世界》，他都能接招。他还有个特点，他喝完酒后，话说得非常好，眉飞色舞、引经据典、滔滔不绝。但是你面对的聊天对象，是个酒气熏天，时不时还要打上一两个嗝的人，而我真的很讨厌酒味。

　　所以，一个随时可以和你说话的男人，有可能吵架时半天憋不出个屁来；一个能让你秒睡的男人，有可能不太注意个人卫生；一个精神上门当户对的男人，可能是个花花肠子。

　　这个男人看上去各方面都很好，却不一定适合做你老公，或者他各方面都好，可是他不爱你。所以，与其纠结找个什么样的男人，不妨从了解婚姻的真相开始。

3

我的第二份工作地点在一所高校里边，有幸结识了一位副教授。当时他也就四十来岁，算是教授中比较年轻的了。长得也帅，虽然没帅到网红小鲜肉的级别，但颜值绝对可以秒杀一众老头子。他是当年的文科状元，讲课讲得特别好。我旁听过他的课，讲唐宋文学，一首耳熟能详的宋词，他简单几句话就能让你领略到那首词的各种妙处，还有人被他讲得潸然泪下。此外还特别爱护学生，动不动请学生们下馆子。据说很多小女生都仰慕这位老师，特别羡慕年轻漂亮的师母嫁了个"好人"（优秀的人）。

非常巧，我们就和教授夫人一个办公室。教授夫人说起教授，完全是另一副样子：四十来岁的人了，还跟小孩子似的吃饭挑食。此外说话特别噎人，有一次教授夫人做了个凉拌三丝，教授说："你喂兔子呢？"教授还很不注意个人卫生，尤其是洗脚、洗澡时，教授夫人三哄五劝都不管用。最好玩的是，教授能一天到晚不停地吸烟，而教授夫人有过敏性咽炎，最怕烟味儿……

听上去都是鸡毛蒜皮的小事儿，可是它们好比你鞋里那粒硌脚的沙子，磨得人难受，而且这粒沙子还不是说想倒就能倒出来的。

所以说，好人不一定能给你好的婚姻，而看上去光鲜亮丽的婚姻，有可能也有很多你我看不到的龃龉之处。教授夫人有一次在被教授气哭后，说了一段话，我印象特别深刻：都是普通人，教授有缺点，我也有。

不能改变对方，就改变自己，能过就过，实在过不下去就离呗。教授夫人在嫁给教授前，恐怕没想到日子如此"具体而微"吧？

事实上是，很多问题不是可以预防的，而是婚后磨合才"涌现"出来的。但是发现了问题，需要继续磨合并不代表你选错了人吧？

"找对象系列"文章看上去都蛮有道理，容易让人产生一种"就应当找这么个人"的感想。但是，哪个人走到你跟前，脸上也不会写着"知冷知热""让你秒睡""永远和你有话聊"。这种文章看多了，还容易让人糊涂——天呀，我到底应当找什么样的人呢？

在我单身的时候，其实脑子里从来没有那种鲜明的要求：我要找个什么样的人，他要是 A+B+C……的组合。那时候大概只有一个很朴素的心愿——找一个愿意娶我，我也愿意嫁的人。有人可能觉得这个标准太低，我想说，茫茫人海中，试想一下，有几个人你会愿意与之结为伴侣，而这个人恰巧也有这个想法呢？恐怕，一辈子也遇不到几次吧。

后 序

我快四十岁了,那又怎样

1

今天早上照镜子的时候,我发现发间有一根白发。头发根是白的,发梢是黑的。我怔了一下,最终还是没有把它拔下来。忘了是从去年还是今年开始,我头上逐渐有了白发。偶尔会发现一根,藏在我密密的发丝中。起初我一定会把它们拔下来,现在已经逐渐放任不管。

"我三十六岁那年开始长白头发,当时特别不能接受,我还以为是你爸成天气我气出来的呢。"婆婆在一旁似是宽慰地对我念叨。

等一下,三十六岁?我有点怔住了,我今年三十几岁?不知道从哪天起,我不能脱口说出自己的年龄;被人问起,总要用今年的年份减去出生时的年份才能得出正确答案。也不知道从哪天起,单位新进的同事一个个都比我小，先是 84 年 85 年的，再是 88 年 89 年的，然后是 90 后。最近新入职的一个姑娘是 93 年的，我大她整整一旬噢。也不知道从哪天起，偶尔和大学同学或中学同学联络，说到好久不见时会发这样的感慨："咱们有几年没见面了，五六年了吧？不对不对，快十年了。"

天啊，十年？人生一共有几个十年呢？

那天一个快三十岁的姑娘问我："清浅姐，你有年龄上的恐慌吗？"她很不能接受自己马上三十岁了却依然"一事无成"。我的确有过恐慌。那时张小又一岁，我尚在家做全职妈妈，带孩子之余写写网络小说。直到某一天，我仓惶地意识到自己马上就要三十五岁了，我着实吓了一跳，然后决定不能继续在家混日子了，果断出去找工作。到如今，已经三年多了。一年半前我开始利用业余时间在公众号上写文章，虽然忙碌却觉得非常充实，很欣慰自己的光阴没有虚度。

一个往四十岁奔走的女人，上有老，下有小，每天匆匆忙忙，要上班、要写作、想读书，想学点新东西，还想每天抽出点时间运动。然而，大部分下班后的时间终归还是要用来陪孩子，总感觉时间有限，有时甚至感觉自己像一个上紧了发条的小闹钟。

我认识很多正往四十岁奔跑的女人，她们大多是孩子妈妈，有的是企业中层，有的在创业，有的在家全职写作。个个恨不得三头六臂，手脚并用，她们忙碌而充实，偶尔可能也会惊讶，天呐，我快要四十岁了吗？可是，也只是惊讶那么一下下，这并不会乱了她们的步伐，她们照样把日子过得有滋有味。

2

事实上,当我往四十岁奔跑时,才发现快四十岁的女人,不但可以活得很精彩,甚至可能绝处逢生,在转角能看到不同的风景。

前段时间去健身房骑车,发现换了个新教练。因为骑动感单车会出很多汗,我一般不戴眼镜,所以也没细看新教练是谁。昨天终于学会了车上单腿俯卧撑,我无比欣慰,甚至有点儿沾沾自喜;下课时才发现,单车教练竟然是骑友雅莉。

雅莉今年三十九岁,一年多前她开始在这家健身房健身;她原本只是想把身体练结实点儿,后来迷上了骑单车并发现自己非常享受骑车,而且越骑越好。最近健身房开了一家分店,需要一个带课教练,原先的教练便推荐了雅莉。

雅莉笑着说:"我怎么也不会料到,四十岁生日的前两个月,竟然会成为单车教练。我感觉自己非常幸运,命运有时候真的很神奇。"

两年前雅莉家的姑娘读初三,为了全力支持女儿中考,雅莉辞职了。辞职后才发现自己非常不习惯"老妈子"的生活,她深感焦虑,她老公看她无所事事的样子,就在健身房帮她办了张卡。

我来这家健身房时间尚短,没有见过雅莉从前的样子,但是一位骑友说,那时雅莉的精神非常萎靡,一脸的焦灼不安。我打量着现在的雅莉,因为刚从单车上下来,她的脸红扑扑的,额头上有着细密的汗珠,鬓角微湿,我在她身上看到了运动后的活力美。

一个快四十岁的女人，世界突然为你打开了一扇窗，雅莉说自己幸运。我觉得四十岁发现了自己喜欢做的事情，诚然是幸运的，但能成为单车教练，却不是幸运那么简单，终归还是离不开自己不懈的努力吧！

是的，尝试改变，并且持之以恒，这让一个焦灼的女人找回自我，重获自信，也让她在四十岁来临前，突然找到了目标和方向，这何尝不是柳暗花明又一村呢？

3

十年前，一个叫芸宝宝的姑娘和我聊天。那时我们都二十岁出头，偶尔谈到将来，芸宝宝说，我才不要活到四十岁，那得多老？现在，我很欣慰地看到她正在往四十岁的门槛悠然迈进，带孩子、做烘焙，闲暇之余还做做手工。是的，四十岁的女人不但不"该死"，还可以活得很精彩。

于我而言又何尝不是如此呢？十年前，如果让我突然老去十岁，我宁肯自杀。然而三十六岁还是不知不觉地来临了，正如张爱玲所说：日子过得真快，尤其对于中年以后的人，十年八年都好像是指顾间的事。可是对于年轻人，三年五载就可以是一生一世。

好像真的是一眨眼，我就成了一个往四十岁奔跑的女人。和身边大多数快四十岁的女人一样，我坦然接受了自己的年龄，也努力活出这个年龄应有的精彩。

快四十岁的女人，吃饭开始关注健康，少盐少油，早睡早起坚持锻炼。

快四十岁的女人，开始明白家人和孩子，是比事业成功更重要的东西。

快四十岁的女人，开始关注自己的内心，希望自己有一颗平静快乐的心。

快四十岁的女人，也可以在下雨的时候抱着孩子拼命跑，依然很有活力。

快四十岁的女人，也可以一跃跳上台阶，风风火火如小姑娘。

快四十岁的女人，偶尔也会撒个娇，依然有一颗少女心。

快四十岁的女人，也可能因为一个笑话，笑得上气不接下气。

快四十岁的女人，也有可能因为一点小事和闺蜜赌气。

是的，我快四十岁了，现在的我不再惧怕岁月，不再害怕苍老，我只想活得更精彩、更自我。我希望举手投足间，自带优雅风情。

严肃八卦的掌门人，应当比我年轻几岁的萝贝贝说："总有一天你会老，到了老花眼和绝经的程度，依然可以很迷人。"贝贝还说，"容貌会衰老，但美丽会长出新的样子。"

美丽，不一定是指一个人的容貌或体形，也可以是一个人说话的样子，还可以是认真工作的表情，甚至一个人积极生活的态度。

是的，我快四十岁了，我头上有了白发，但是，那又怎么样？